君と夏と、約束と。
君と夏と、約束と。

「ヒナタ……？」

風に吹かれれば、かき消されてしまいそうなほどに小さな、震えた声。

しかしその声は俺の鼓膜を震わせ、そして届いた。

彼女が呟いたその名前は、間違いなく俺の名だった。

心臓が早鐘のように打ちはじめる。

「葉月、なのか……？」

「それじゃ、改めまして！　かんぱーい」

「喜野さん、良くしてもらって、ありがとうございます。でも、なんで私にこんなに良くしてくれるんですか？」

「困っている人がいたら助けるのが当たり前じゃないでしゅかぁ」

赤ら顔で微笑む喜野さん。やはり可愛い。

「でも、それにしたって。今回はシチュエーションが特殊じゃないですか」

「特殊だからこそ、ですよ。……ま、一番納得しやすい理由っていうのであれば、それは自分のためっていうのが正確ですかね」

私を助けるのが、自分のため？　その言葉の意味が、私にはわからなかった。
「私の手助けをすることが、喜野さんにとって、どんなメリットがあるんですか？」
「……その話をするには、まだまだお酒が足りませんね」
悪戯っぽく笑った喜野さんは、そうしてまた、アルコールを呷っていた。

「もうすぐだよ」

そう言って、葉月は澄んだ星空を指さした。

俺もつられて顔を上げると、今まさに、花火が打ち上げられた。

視界を、光の幻想が埋め尽くした。俺はそれに見惚れていると、わずかな後に、どんっ、という腹の底に響く音が届いた。

「始まったね」

葉月は俺の前に進み出て、次々に打ち上げられる光の幻想に、俺と同じように見惚れていた。

君と夏と、約束と。
003

君と夏と、約束と。

麻中郷矢

GA文庫

カバー・口絵・本文イラスト
磁油2

プロローグ

「好きだ、俺《おれ》と付き合ってくれっ！」


中学二年の夏。

終業式の後。照り返しの暑さがきつい、そんな時分。

俺はずっと好きだった女の子に、想《おも》いを告げた。

彼女は俺の告白に、まず驚いたように口を開き、次にどこか嬉《うれ》しそうに口元を緩《ゆる》めた。

そして……

「うん、私もヒナタのことが好き。……よろしくお願いします」

その一言を聞いたあと、彼女となんと言葉を交わしたか、興奮していた俺はほとんど覚えていない。

――ただ、一つだけ。忘れることのできない約束をした。

「夏祭り、一緒にいこうね！　絶対、一緒に花火を見ようね！」

八月半ばに催される、地域の小さな夏祭りで、花火を見ようと約束したんだ。

——しかし、その約束が果たされることはなかった。

1

祭囃子《ばやし》が遠くに聞こえる。

花火が打ちあがるたび、離れた場所でそれを見上げる人々の喧騒《けんそう》が増していく。

夜空を彩《いろど》る光の芸術の美しさを、俺《おれ》は熱帯夜の気温とは反比例するような、冷めた眼差《まなざ》しで見つめていた。


俺の隣に、共に夜空を見上げる彼女はいない。

何故《なぜ》なら彼女は、俺の前から。

或《ある》いはこの世界から、いなくなってしまったのだから。


いつからか、俺の世界の時間は止まってしまっていた。

2

代わり映えしない毎日を繰り返していた。

目覚めは昼過ぎ。身体《からだ》を覆《おお》う倦怠感《けんたいかん》は、どれだけ睡眠しようと晴れることはない。

しばらくぼーっとした後に、テレビを付ける。

テレビ画面の中で真面目《まじめ》腐った表情を見せるコメンテーターが何かを話しているが、霞《かすみ》がかった俺《おれ》の頭には、全《まった》く入ってこない。

そのままテレビ番組を流しつつ食事をとってから、スマホをいじって適当に時間を潰《つぶ》す。

夕方になると、バイト先へ向かうため、最低限の身嗜《みだしな》みを整え、洒落《しゃれ》っけのないシャツと数年前から愛用しているジーンズに着替えてから家を出る。

借りているアパートから、徒歩二十分。

バイト先は、築年数二十年、三階建ての雑居ビルの一階に店を構える居酒屋だ。

経営しているのは、還暦にさしかかった夫婦二人。バイトも、俺を含めて二人。

落ち着いた雰囲気の店だから、厄介《やっかい》な酔っ払いにからまれることは少なく、店主夫婦も気が良い。俺のような勤労精神に乏しい人間がアルバイトを続けられるような環境であり、この店で働けているのは、幸運と言えた。

とはいえ、バイト中はやはり忙しい。せかせかと体を動かしていると、何もしないでいるよりも時間が経《た》つのが早く感じ、気付けばあっという間にバイトは終わっている。

その後は、家に帰り店長の厚意から持ち帰らせてもらった、店の余り物を食べてから、風呂《ふろ》に入って、寝る。

サボりがちだが、通っている大学に顔を出すこともある。しかし、そこで空気のように振舞う俺は、同年代と同じ空間で過ごしたところで、結局のところ大した変化を感じることは無い。

そんな適当な生活《せいかつ》を送っているからか。地元にいる両親からは、もっと将来のことを考えろとよく言われる。考えたところで、良いイメージは決して抱けない。そうしている内に、実家に帰ること自体少なくなった。

多分俺は、このまま適当に生きて、大した感動を得ることもなく、誰《だれ》かと恋に落ちることもなく、結婚することもなく、最終的には誰からも見送られることなく。

ひっそりとこの世界から消えてなくなるのだろう。

俺にあるのは希望ある未来ではなく、全《すべ》てが輝かしかった、過去だけなのだから。

——そう思っていた。

3

「先輩は、何が楽しくて生きているんですかぁ？」

俺《おれ》は今、バイト先である居酒屋で、開店前の仕込み作業をしている。

店長からの指示を受け、お通しとして出す玉ねぎをスライスしているのだが、目に染《し》みて涙が出そうになる。

「無視しないでくださいよぉ、もぉ～」

俺の頬《ほお》を無遠慮に押してくる人差し指。はぁ、と大きく溜息《ためいき》を吐《つ》いてから俺は言う。

「……作業の邪魔なんだけど」

いったん手を止めて、頬を指で押してくる女の顔を見た。

人懐《ひとなつ》っこい笑顔を浮かべる、可愛《かわい》らしい女性、喜野瑠乃《よしのるの》。細く華奢《きゃしゃ》な体つきながらも、ある一か所は激しく自己主張をしていた。

店名が入ったエプロンの胸元《むなもと》が、割と驚くくらい盛り上がっている。

そして、一房はねたアホ毛が目立つ、明るめのセミロングヘアーと、飲食店の従業員らしい控えめな化粧が、彼女の可愛らしさを自然に引き立たせていた。

呑ん処

ルックスは間違いなく良い。……だが、コミュニケーションの取り方がアホなのがダメだ。

アホは放っておいて、作業に戻ろう。喜野も、飽きたのか俺の頬をつつくことをやめていた。

気を取り直して玉ねぎとスライサーを握り直し、視線を向ける。

「先輩がちゃーんと私の相手をしてくれてたら、こんな強引《ごういん》な手段はとりませんでした～」

まだ絡《から》んでくるのか、と俺は嘆息する。何故《なぜ》だか俺が悪いとでも言いたげな声音《こわね》の喜野に、呆《あき》れつつ答える。

「楽しいことがなくったって、生きてはいけんだよ」

「私みたいな、可愛らしい後輩がいれば、ですか⁉」

行間を読みまくるその発言に、俺はどっと疲れを感じつつ、首を横に振った。

「必要十分な衣食住と、適切な睡眠時間があれば、人は生きていける」

俺が言うと、

「ガーン！　まさかそんなつまらない回答されるとは思ってもみなかったですぅ……」

と、彼女は大袈裟《おおげさ》に落ち込んで見せた。……なんだこいつ俺にケンカ売ってんのか？

「おしゃべりも良いけど、手はしっかり動かしなさいね」

それを見かねた店長の奥さんが、俺たちを諌《いさ》めた。

「はーい、ごめんなさーい」

てへへ、と舌を出して謝る喜野。俺は邪魔されていただけなんだけどなー、と思いつつも、

「すんません」と一言謝ってから、仕込みの作業に戻る。

これまで幾度となく繰り返してきた代わり映えのない一日が、何事もなく終わるんだろうな。

この時の俺は、開店前だというのにそんなことを思っていた。

§

「それじゃ、お疲れさまです」

「はい、ご苦労様」

後十数分で日付が変わるという頃《ころ》。

客はとっくにいなくなり、もろもろの閉店作業も終了していたため、今日のバイトはこれでお終《しま》いだった。

いつものように店長からの厚意でもらう、晩飯代わりの店の残り物を手にして、俺は裏口から外へと出た。

「あ、先輩。お疲れさまでーす。また明日、よろしくです」

と、店の裏口から顔を出して、俺の背に声をかける喜野。

「明日は、休みだっつの」

「えへへ、プライベートでよろしくです」

あざとく笑いながら敬礼する喜野。

俺はため息を一つ吐いてから、

「まえむきにかんがえておきます」

とだけ告げ、その場から立ち去る。

俺の背後から、「なんですか、その棒読みは!」とか、「ときめかないんですかそうですか」とか、「ええ⁉　本当にこのまま帰っちゃうんですか⁉」なんて声が聞こえてきた。

深夜になんて騒がしい奴《やつ》なんだろう、と思っていたら、諦《あきら》めたのかはたまた店長か奥さんに注意をされたのか、いつの間にか喜野の声は聞こえなくなっていた。


鈴虫の鳴き声が、熱帯夜に響いていた。

季節は夏、昼間に比べると随分涼しいとはいえ、バイト先と自宅のアパートを徒歩で移動すれば、すぐに汗ばむ。

運動不足の解消にと思い、バイト先には徒歩で通っているのだが、せめて自転車は使ったほうが良いのかもしれないな、なんて考えつつ歩いていると、丁度自宅とバイト先の中間地点であるA市駅前まで辿《たど》り着いていた。

もうそろそろ終電なのか、サラリーマン風の疲れきった表情の男性や、数名の派手な格好をしている学生風の男女が駅へと向かっていた。

代わり映えのない、いつも通りの光景だ。

俺は何も気にせずそのまま歩を進めていくのだが、視線の先にある時計台の根元に、どうやら人が俯《うつむ》いて座り込んでいるようだった。

なんだろうか、あれは？　と思いつつも、変わらぬ歩幅で歩いていると、どうやらその人物がセーラー服を着た少女だと分かった。

こんな時間に、珍しいな。

そう思って彼女の背後にある時計台に示された時刻を見ると、もう二、三分もすれば日付が変わるところだった。

繁華街近くの駅だと、派手目な髪色の少年少女が学生服だというのに遅くまで騒いでるのを見たりはするのだが、このA市駅で見るのはほとんど初めてだった。

家出か、また違った理由があるのか。……何にせよ、道行く人々がそうするように、俺も見て見ぬ振りをしよう。面倒事はごめんだからな。

俺はそのまま少女の横を通り過ぎようとしたのだが、彼女が啜《すす》り泣《な》いていることに気が付いた。やはり、面倒な事情がありそうだな、と考えつつ視線を向けると、ふとそのセーラー服に見覚えがあるような気がした。

改めてその制服を見れば、見覚えがあるなんてもんではなく、俺にとっては非常になじみ深い制服だった。多分、というか間違いなく。その少女の着ているセーラー服は、俺の卒業した中学校で指定されていた女子用の制服だった。

俺の足が、彼女の目前で思わず止まった。

なぜなら、その姿がとある少女を連想させたからだ。

背中にまで伸ばした艶《つや》やかな黒髪と、彼女のお気に入りだった物と同じスニーカー。

俯《うつむ》いた少女の顔までは分らない。しかしその姿に、俺の前からいなくなった少女の姿を重ねてしまっていた。

「……馬鹿馬鹿《ばかばか》しい」

俺は呟《つぶや》き、その考えを頭から振り払った。

未《いま》だに、引きずっているのか。

我ながら気持ち悪いことだ。

そう自嘲《じちょう》してから、「さっさと帰って寝よう」と頭を振って考えを切り替える。

そのまま立ち去ろうとしたのだが、少女は俺の声に反応したようで、顔を上げていた。

そして俺と少女の目が合い……時間が止まった。

大きく整った瞼《まぶた》は泣き腫《は》らしていた。

紅《べに》を差したように紅《あか》い小振りな唇が、呆然《ぼうぜん》と開かれている。

近づかなくても分かるくらいキメの細かな肌は、思わず触れたくなってしまう魔性を秘めていた。

そして、前髪に留められたクローバーの髪留めが、妙に似合っていた。

俺はその少女の容姿に、衝撃を受けた。七年前にいなくなってしまった彼女と、瓜《うり》二つの容姿だったからだ。

——いや、分かっている、この少女と彼女が同一人物ではないことは。

なぜなら、あれから七年という歳月が経《た》っているのだ。

人は変わる。

内面も、外見も、相応に。

だから、この少女は他人の空似なのだろう。

……そうは頭で分かっていても、動揺は静まらない。

なぜなら、目の前の少女も。

俺と同じように、信じられないといった表情をして、固まっているからだ。

俺が未だに平静さを取り戻すことができてないうちに、目の前の少女が口を開いた。

「ヒナタ……？」

風に吹かれれば、かき消されてしまいそうなほどに小さな、震えた声。

しかしその声は俺の鼓膜を震わせ、そして届いた。

彼女が呟いたその名前は、間違いなく俺の名だった。

心臓が早鐘《はやがね》のように打ちはじめる。

今夜も熱帯夜だという高い気温以外の要因で、俺の全身の毛穴から汗が噴き出した。

「葉月《はづき》、なのか……？」

俺は、震え、かすれた声でその名を口にしていた。

かつて、自らの気持ちを伝えた少女の名前を。

その声が聞こえたのか。

目の前の少女は、目尻《めじり》から涙を零《こぼ》し、だけど嬉《うれ》しそうに、そしてどこか困惑を湛《たた》えた表情で、大きく頷《うなず》いてから、言った。

「うん……そうだよ」

視界の端に映る時計を見ると、既に零《れい》時を過ぎていた。

いつもの代わり映えのない一日は、終わった。

しかし、これから始まる〈今日〉は、代わり映えのない一日には、ならなさそうだった。

4

六畳一間、家賃は光熱費を含めずに月々三万五千円。ここら辺の相場を考えれば、平均的な家賃だ。

男の一人暮らしとしては、何不自由なく過ごせるワンルーム。

……なのだが、そこに制服姿の女子中学生が足を踏み入れるとなると、話は違ってくる。

「わー、結構綺麗《きれい》にしてるんだね！」

きょろきょろと、部屋の中を見渡す制服姿の女子中学生こと葉月《はづき》。

一人暮らしの成人男性の部屋に上がるのは、今日が初めてに違いないだろう。

どうしてこうなったのか？　……話は単純だ。

目の前にいるのが葉月だと知り、俺《おれ》はひたすらに自らの疑問を投げかけていた。

『いままでどこにいた？』『なんで何も言わずにいなくなった？』『なんであの時のままの姿なんだ？』『どうしてこんなところで泣いていたんだ？』

俺の問いかけに対する答えは、葉月の困惑した表情と、ぐう～、という彼女の腹の虫が鳴く音だった。

耳まで真《ま》っ赤《か》にして顔を俯《うつむ》かせるその姿に、俺はそれ以上何も問いかけることができなかった。

と、いうわけで。

俺は、このアパートの一室でご飯を食べながら話すことを提案したのだった。……のだが、大丈夫だろうか、この状況。

ご近所さんに、通報とかされてないだろうか、俺の額には一筋の冷汗が流れていた。

「今、飯の支度《したく》するから。適当にくつろいでくれ」

エアコンのスイッチを入れてから、俺はキッチンに向かいつつ葉月に言うと、

「はーい」

リビングから彼女の軽い調子の声が返ってきた。

先ほどは泣いていたが、一応はもう大丈夫なようだと、安心する。

すぐにキッチンの前に立ったのだが、特になにか料理を作るわけではない。

冷蔵庫の冷凍室から、保存していたご飯を二人分取り出し、茶碗に入れて電子レンジに入れて解凍ボタンを押す。

その間に電気ケトルでお湯を沸かすことに。

ケトルに水道水を入れてからスイッチをＯＮにしてしばらく待っていると、電子レンジから解凍を終えたことを告げる電子音が耳に届いた。

続いて店長の厚意でもらった店の余り物——今日は筑前煮《ちくぜんに》だ——を深めの皿によそってから、それを電子レンジで加熱。

温め終わったご飯は、先に部屋へと運んでおく。

エアコンが効き始めた涼しい部屋の中では、葉月が落ち着かない様子でテレビを見ていたが、物音で気付いたのか、俺へと視線を向けてきた。

そして、「なんか、家庭的だね」なんて、からかうようなことを言ってくる。

俺はその言い方をとても懐《なつ》かしく感じて、思わず微笑《ほほえ》みが零《こぼ》れそうになってしまった。

「そうかもな」

と一言だけ答えて、冬からずっと出しっぱなしにしている炬燵《こたつ》の上に茶碗を並べていると、電子レンジから再び電子音が鳴った。

キッチンに戻り、レンジから筑前煮を取り出す。ちょうどお湯も沸いたようで、紙コップを二つ取り出し、レトルトの味噌汁《みそ》をその中に投入。お湯を注《そそ》いで完成だ。

筑前煮と味噌汁を食卓に出すと、葉月は表情を輝かせた。そして、箸《はし》を葉月に差し出す。

「ありがとう」

にこりと笑って、葉月は箸を受け取った。深夜の晩餐会《ばんさんかい》の準備は、これで整った。

「いただきます」

俺と葉月は声を揃《そろ》えて言った。

葉月はよく味の染みたニンジンを食べ、「美味《おい》しい！」と目を見開いて驚いた。俺も同じようにごぼうを口に放り、咀嚼《そしゃく》する。……うん。やはり店長の料理は美味しい。ご飯のおかずにも良いが、アルコールのあてにもいける。……流石《さすが》に今、葉月の前で飲むわけにはいかないが。

「こっちはそうでもないね……」

インスタントの味噌汁を啜《すす》った葉月が、失望の声を漏《も》らした。……俺は結構好きなんだけどなぁ、この安っぽい味も。そう思いつつ、俺も味噌汁を啜ると、

「ヒナタは、料理を作るのが好きだったっけ？」

パクパクと筑前煮をつまむ葉月が、好奇心に目を輝かせながら問いかけてきた。

「嫌いじゃないけど、断然食べる方が好きだな」

俺はなんとも子供っぽい返事をする。

「やっぱり、そうだよね」

悪戯《いたずら》っぽく笑う葉月。俺はその笑みを見て、自分も微笑んだ。

食卓を囲み、何でもないような普通の会話を俺たちは続ける。だけどその〈普通〉が〈異常〉であることを、俺は察していた。

その〈異常〉から目を逸《そ》らしつつも、どうしても考えてしまう。

七年ぶりに再会した、七年前となんら変わらない彼女。

俺の目に映る彼女の姿は、まぎれもなく〈異常〉である。ならば、彼女の目に、俺はどう映っ

ているのだろうか？

核心に触れることなく、俺たちは箸を動かし続けていた。

§

並べられた料理を全《すべ》て平らげた後に、

「ごちそうさまでした」

と葉月が手を合わせて言った。

腹が膨れたからか、満足そうに目を細めている。

それから、すぐに沈黙が二人の間に訪れた。これから先のことを、どう話すのか。葉月も俺と同じように、頭の中を整理しているに違いない。

視線が泳ぐ。お互いに、顔を見ることができないでいる。何から問いかけ、何から話せばいいのか、分からないでいるのだ。

そんな時間が数分すぎてから、意を決したように、葉月はおずおずと俺に問いかける。

「……今更すぎるかもだけどさ、本当にヒナタだよね？」

「それ、ほんとに今更だな」

俺は苦笑しつつ、部屋の畳の上に無造作に放られていた財布を手に取った。そして、財布のカードポケットから取り出した大学の学生証を見せる。

「K大学って、結構良いところじゃん！　やっぱり、凄《すご》いな〜ヒナタは」

割とズレた感想を口にしつつ、葉月は俺の学生証を手にとって眺めた。しばらくの間、学生証とにらめっこをしていたのだが、何かに気付いたようで、彼女の顔が一気に青ざめた。

「どうしたんだ？」

不審に思った俺は、葉月に尋ねていた。

「２０１４年度入学、って。……それだったら、一体今日は、いつなの？」

「２０１６年7月18日だ……って、悪い。日付が変わっているから、今日は19日だな」

俺の言葉に、葉月の表情は固まる。そんな彼女に、俺はもう一度問いかける。

「どうしたんだ？」

「私……」

何が何だか、わからないといった表情の葉月。明らかに戸惑っているようだ。

そんな葉月の口から放たれた、信じられない言葉。

「私……未来に来ちゃった、みたい」

……未来に来ちゃったみたい。そんなことを言われて、俺は今どんな表情をしているのだろうか？　一言では言い表せない複雑怪奇な表情であることは、確かだろう。

なんと返答すれば良いものか、分からない。

しかし、タイムリープだかタイムトラベルだか分からないが、現実に、こうして最後に別れた時のままの姿をした葉月が、目の前にいるのだ。

この状況を説明できる、合理的な理由なんてない。

それこそ、葉月がタイムスリップをした、とか。幽霊になって俺の前に現れた――ご飯を食べる幽霊なんて見たことはもちろん、聞いたこともないが――とか。

現実的であるか否かはともかくとして、理由として納得できそうなものは、そのくらいか。

「とにかく、さ。今の葉月の状況を確かめるためにも、もうちょっと詳しく話を聞かせてくれ。……まず、さっきの言葉だ」

いつから来たのかは想像がつくが、俺は、

「葉月の昨日は、いつなんだ？」

そんな、ちんぷんかんぷんな問い掛けをしていた。

「私の昨日は……うん。２００９年の7月18日。中学校の終業式で、ヒナタと付き合うことになった翌日。……のはずだったんだけど。って、どうしたの？」

こめかみを指先で抑えつつ、思い出すように言葉を口にする葉月。

彼女は、話を聞きながら頭を抱える俺を気遣うように言葉をかけてきた。

「……いや、すまん。なんでもない」

俺の知っている過去と一致している。彼女は、その日。この世界からいなくなったのだった。そのまま、この世界に帰ってくることは……今日までなかったのだ。

「んむぅ？　うーん、それならいいけど」

「悪いな、変に気を遣わせた。……それじゃ、今日はどうしたんだ。なんでその、未来に来てしまったのか、分かるか？」

俺の挙動不審を問い詰めることもせずに、葉月は俺の疑問に答えた。

「そんなのわかったら、私ノーベル賞でもなんでもとれちゃいそうだね」

軽く笑いながら、言う。

その表情と声音《こわね》から、カラ元気で言っているわけではないのだと分かった。なんてのんびりした奴《やつ》なんだ、と俺は驚く。……でも、確かに俺は以前も、葉月のことをマイペースな奴だなぁと思っていたのだ。そのことを思い出し、少しだけ頰《ほお》が緩《ゆる》んだ。

「わからない、か。そしたら、この時代に来るまでは、どうしてたんだ？　寝て起きたら、見知らぬ土地の未来へと来ていた、なんてことはないよな？」

少なくとも、セーラー服に着替えてはいるのだから、朝起きて学校に行こうとしたのだろう。

葉月は吹奏楽部に所属していた。夏休み期間中に学校へと向かったのは部活動があったからに違いない。

「うん。朝起きてからご飯を食べて、制服に着替えてから、吹部の練習のために学校に向かったんだけど。通学路でその……変な光景？　を見て、その後に突然ひどい眩暈《めまい》に襲われたから、その場で目を閉じて蹲《うずくま》ってたの。その時間は多分一分もなかったかな、って思うんだけど……気分が良くなってから目を開けてみると、どういうわけかは全《まった》く分からないけれど、いつの間にか夜になっていて、この町にいたの」

変な光景って、何だ？　とは思ったものの、この様子だと葉月自身よく分かっていないから、明確な答えは得られないだろう。……つまり、分かったことは一つだけ。

何も、分からないという事だけだった。

「信じられない、よね。こんなの、実際経験している私だって信じられないし」

そういって、えへへと照れ笑いをする葉月。この状況で笑えるなんて、中々できることではないだろう。俺は目の前のＪＣに、悟られないように尊敬の眼差《まなざ》しを送った。

「確かに、夢みたいな話で到底信じられないよな。……でも、信じるよ」

「そうだよね、信じられるわけないよね……って、ええ!?　信じるの!?」

俺の言葉に、驚愕《きょうがく》する葉月。

ああ、そこはちゃんと驚くんだ、とほっとする。

「あ、そっか。この時代の私に、私がタイムスリップをした話を聞いたことがある、ってオチだ！　それなら、納得！」

チクリ、と。

俺の胸が痛む。言い知れぬ不安が胸中に宿る。

目の前の葉月は、能天気な表情で視線をこちらに向けていた。

本当の事を——葉月がこの時代にいないという事実を。今ここで言っていいのか?

答えに窮すれば、不審がられるかもしれない。

嘘《うそ》を吐《つ》くか、真実を話すか。俺はわずかに逡巡《しゅんじゅん》し、そして——


「……ああ、そうだ。でも、俺自身その話を信じ切っていたわけではないから。詳しい話は聞いていないんだ」

結局俺は、嘘を吐いた。最初から、ある意味絶望的な事実を聞かせるわけにはいかない。だが、俺の嘘の言葉に、安心したような表情を見せた葉月。

「ほうほう、なるほど。でも、なんかほっとしたかも」

先程よりもいっそう緩んだ口元。それを見て、再び罪悪感に苛《さいな》まれるものの、俺はその言葉の意味を、彼女に問いかけた。

「ほっとした? どういうこと?」

「だって、タイムスリップ云々《うんぬん》なんて話すくらいだもん。未来の私ともその……ちゃんと恋人同士、なんでしょ?」

不意に投げかけられた問い。

俺は一瞬何を問いかけられたのか分からず、その後に意味を理解し驚きに目を見開いた。

そして、その反応を見た葉月が、ここにきて初めて焦《あせ》りの表情を浮かべたのを見て、

「い、いや、ほら！　未来のことを過去の人間が知ると、タイムパラドクスというか難しいことはよく分からないけどとにかくまずいというかそもそも聞いてしまったら先の楽しみがないというか……なっ？」

息継ぎもせずに、一息で誤魔化《ごまか》しの主張を告げた。

本当のことを言えないのが、再び、胸の奥を痛めつける。

「え……ええ⁉　何その反応は……え、まさか⁉　いや、でも七年も経《た》てば、気持ちも変わる、のかな？　ええ、でも、でも……」

その言葉に対する反応は、俺が予想していたよりも大袈裟《おおげさ》だった。

俺の吐いた嘘のせいで、彼女は大変戸惑っているようだった。タイムスリップをしたという事実よりも心を動かしてしまったらしい。

救いを求めるように、俺を上目遣《うわめづか》いで見てくるのだが、

「そんな目で見るなよ……。その、先のことを教えるわけには行かないけど、うん。俺は今も、葉月が好きだよ」

俺の言葉を聞いた途端、先程まで心細そうにしていたというのに、頰を緩めてうんうんと

頷《うなず》いてから、

「……何それ、ほとんど答えじゃん」

可笑《おか》しそうに笑うのだった。


……正直俺は全然笑えないのだが。

今でも葉月の事は好きだ。でも、それは七年間も胸の奥底にしまい込み、目を逸らし続けていた想《おも》いだ。

それを、目の前にいる葉月は、易々《やすやす》と引っ張り出してくる。

息苦しくなりそうだった。俺は話を変えるために、提案をした。

「そうだ。未来を見る機会なんて、めったにないんだからさ、しばらくはのんびり未来見学でもしていけよ」

と、俺が言うと、葉月がくすくすと可笑しそうに笑った。

何か俺、変なことでも言ったかな？　そう思っていると、

「さっきは未来のことを知るとまずいとか、楽しみがなくなる、なんて言っていたのに。今度は見ていけ、っていうんだね」

至極まっとうな突っ込みに、俺はう、っと言葉に詰まる。

俺のリアクションが面白《おもしろ》かったのか、葉月は悪戯っぽい表情で、

「ごめんごめん、意地悪だったね、うん。……それもそうだ！　せっかくだし、未来の世界を見物だー！」

と、拳《こぶし》を振り上げながら言った。

俺はホッとして胸を撫《な》で下ろす。葉月があまり細かいことを気にしない性格で良かった、と心底思った。

そして直後、眠たそうにふわー、と大きな欠伸《あくび》をする葉月。

頬を紅潮させ、顔を逸らしてから、気まずそうにこちらを窺《うかが》う様子は、端的にいって可愛《かわい》らしかった。

「今日は疲れただろ？　シャワーでも浴びて、寝ようか」

俺が言うと、

「しゃ、シャワー⁉」

と、突然声を上げ、そして更に頬を染めて、自らの身体《からだ》を両腕で抱き、唇を小刻みに震わせる葉月。

「どうした？」

「その……一緒に、入ったり？」

顔を向かい合わせていても、なんとか耳に届くような微かな声だった。

なるほど、流石は思春期女子中学生。このおませさんっぷりが、ＪＣ界のスタンダードなのかもしれない。いや、知らないけれども。

これがそこらの女子中学生ならば鼻で笑っていたところだが、相手は俺の恋する女の子だ。……普通にドキドキした。

一緒にシャワーとか、普通にそれは駄目だろう、と冷静に判断する。

「先にシャワー浴びとけ」

俺はそう言って、彼女にはサイズが合わないだろう着替えと、バスタオルを箪笥から取り出して、手渡した。

「あ、ありがと。……でも、それはそれでいやらしい、かも」

と、じとっとした目を俺に向けてくる葉月。

一体、何と言うのがこの場の正解だったのか、俺には分からなかった。

§

お互いにシャワーを浴びた後。俺《おれ》は座布団《ざぶとん》を二枚敷いた簡易的な寝床へと腰を落ち着けた。

疲れが溜《た》まっているであろう葉月《はづき》は、普段俺が使っているベッドに寝かせる。

もちろん、シーツは洗濯したばかりの物に替えている。冗談交じりでも「臭《くさ》い」とか言われたら、泣く自信があったし、立ち直れない自信もあった。

「そんじゃ、灯《あか》り消すぞ」

寝ころびながら、リモコンを操作して灯りを消した。後はもう寝るだけだ。俺は枕《まくら》代わりにしている折りたたんだタオルの具合を確かめる。割と心地良く、満足の出来だった。

「本当に、私がベッドを使って良かったの？」

この寝床問題の話をしている際も繰り返された問いに、俺は同じように答える。

「お客様が遠慮するなよ」

「でも、やっぱり悪いよ」

「気にするなって。俺、結構どこでも寝られるタイプだからさ」

「……私は別に一緒に寝ても良いんだよ？　ヒナタだったら、嫌じゃないし」

やはりその言葉は恥ずかしかったのか、尻《しり》すぼみに声が小さくなっていった葉月。俺は華麗にその言葉を聞こえなかったものとして、

「ごめん、聞こえなかった」

と告げる。

「……ベッド譲ってくれて、ありがとっ」

拗《す》ねたように、葉月は言った。夏用布団をかぶる衣擦《きぬず》れの音が、静寂な部屋に響いた。……こんだけ静かなら、聞き逃すことなんてないけど、誤魔化《ごまか》されてくれて、助かった。

一緒のベッドで寝る、なんていう選択肢は、ありえなかった。

……今もしこの部屋にいるのが、女子中学生の葉月ではなく、七年間分の成長をきちんとしていた大人の葉月だったならば、話は違っていたんだと思う。

会えなかった七年分の想《おも》いを確かめ合うように、きっと俺たちは互いに身体《からだ》を重ねて、時間を忘れて交わったのだろう。

だがしかし、俺の目の前に現れたのは、最後に会ったあの日から、全《まった》く変わらない姿の彼女だった。

正直……夢みたいな話だな、と思う。

このまま眠って、次に目を覚ましたら、もうここに葉月はいなくなっているかもしれない、と俺は思った。

一日の疲労と思いもしなかった再会によって、俺の脳は考えることを放棄しだしている。

だけど、微睡《まどろ》みに沈みそうだった俺の意識は、唐突に覚醒《かくせい》した。

……このまま、また会えなくなってしまうのかもしれない、というどうしようもない寂《さび》しさが胸に訪れた。

そんなのは嫌だ。折角会えたのなら。……例えこれが、都合の良いただの夢だったとしても、このまま終わりは嫌だった。

不安を感じ、そう思った俺は、浅い呼吸音が聞こえる葉月へと向かって、尋ねる。

「なんで葉月はさ、駅前で会った時俺のことがわかったんだ？」

葉月は寝返りを打ったのか、布団《ふとん》の擦れる音が耳に届いた。

次いで、

「どうしてだと思う？」

なぜだか楽しそうな声が、耳に届いた。

葉月は人を驚かせるのが好きな、茶目っ気がある少女だったのを思い出す。今の彼女の雰囲気は、かつて俺がさんざん悪戯《いたずら》をされたときと同じものだった。

「わかんないから聞いたんだけど。……まぁ、あんまり変わってなかったから、とかか？」

俺は何も考えずに、答える。

「えー、大人っぽく、恰好良くなってるよ」

と、不満そうに声を出した。

おおう、そんな風にストレートに言われると、普通に照れるんだよ。

「じゃ、わかんねぇな」

照れ隠しのため、俺の口調は普段よりぶっきらぼうになっていたかもしれない。

それに気づいたのか、葉月は「ふ〜ん」と楽しげに相槌《あいづち》を打った。

そして流れる無言の時間。

きっと、葉月は俺が何か反応するのを待っているのだろう。……思惑通りにするのも癪《しゃく》だった。

なにより、夢だったとしても、これで終わりだったとしても。それでも、なんだか温かな気持ちになれたのは間違いがなかった。

俺の胸中にあった不安は、いつの間にか霧散していた。だから、もう眠ったって構わない。

「興味本位で聞いただけだから。忘れてくれ」

そして、おやすみ、と言おうとしたところで、葉月が何かを呟《つぶや》いた。

「……だから」

俺は上手《うま》く聞き取れなかったため、聞き返そうとしたところ、

「だから！　……彼女、ですから！」

と先程よりも声を張った葉月。その声には、明確に羞恥《しゅうち》が混じっていた。

その言葉の意味を理解して、なんだかくすぐったくなってしまい、

「おう、そ、そうだな。……それじゃ今度こそ、寝るか」

なんて、何の面白《おもしろ》みもないことしか、俺には答えることができなかった。

「お、おう！」

ちょっとおかしいテンションの葉月の声が耳に届いた。

くすぐったさを胸に抱えたまま、果たして俺は自然に眠れるのだろうか？　と不安があったが、それは杞憂《きゆう》だった。

そう長いこと経《た》たない内に、自然と微睡みに沈んでいったのだった。

5

おかしな夢を見てた。

夢から現実へ戻る狭間《はざま》の時間。窓から入り込む朝の光を感じた私は、ついさっきまで見ていた夢の残響に浸りながら、それでも意識は目覚めに向かっていった。

おかしな夢だった。

今度はハッキリとした意識だけど、瞼《まぶた》はまだ開けないまま、今みた夢に思いを馳《は》せる。

夏休み初日。部活動があったから学校へ向かった私は、歪《ゆが》んだ空間、と言えばいいのか分からないけれど、とにかく変テコなものを見た後に、急に具合が悪くなってその場に倒れてしまう。

次に目を覚ましたら、夜になっていて、しかも見知らぬ場所で一人ぼっち。訳が分からない私だったけど、どうにか現状を把握しようといくつか行動を起こした。

……のだけれど。

お昼には学校から帰る予定だったから、小銭くらいしか持っていない。携帯電話はまだ持っていないから、公衆電話でとりあえずお家に連絡したのに、なぜか繋《つな》がらないし。

土地勘がないから交番がどこにあるかもわからない。それでも、闇雲《やみくも》に歩いてようやく駅に辿《たど》り着いたと思えば、既に家の最寄り駅まで向かう電車の終電時間は過ぎていた。

……あまりにも大きな脱力感に襲われて、私はその駅前にあった時計台に腰を下ろして、塞《ふさ》ぎ込《こ》むことに。

通りがかる人たちは、面倒ごとを避けるためか、私には一切《いっさい》関心を示さない。

身体《からだ》は疲れて、心は摩耗《まもう》して。

私は、悲しくて、寂《さび》しくて。

一人で泣いていた。

……これで終わりなら、この夢は間違いなくただの悪夢だった。

こんな風に、夢の光景に浸ることなんて、なかった。

でも、夢の中の私が疲れ果て、そして孤独に耐えかねて涙を流したその時に、手を差し伸べてくれた人がいた。

それはもちろん、私の大好きなヒナタ！　……しかも、ちょっと大人になった姿で！

一人ぼっちだった私はヒナタに助けられたことが嬉《うれ》しくて、心底安心して。そのせいでちょっぴりお腹《なか》が空いて。

――ここから先は、ただただ甘～いだけの、幸せな夢だった。

彼と一緒にご飯を食べて、シャワーを浴びて……きゃー、私ったら、なんて大胆なの!? と夢のこととはいえ、思い出すだけでも恥ずかしい！

一人暮らしの彼氏の家でシャワーまで浴びちゃったら、その後することなんて、一つしかないよね！ それはもちろん!?

おやすみなさいですよ。

……夢の中なのだから、ラブロマンスがあっても良かったんじゃない？ 夢の中のヒナタへたれ過ぎない!? いや、彼は私の深層意識的なサムシングなのだろうから、ヒナタに非はないだろう。つまりへたれは私なのでした。……でも、現実でそういうことをするのは、きっともっと先の話になるんだから、夢の中だけでもそういうのがあってもよかったんじゃない!?などとやっぱり思うのですよ！

……あぁ、ダメだ。

ヒナタと付き合うことになってしまって、私は随分と浮かれてしまっている。

まだ付き合ってから二、三日の話なのに、早速夢にまで見てしまうとは。……だがしかし。

付き合う前から夢にまで見ていたのは、ここだけの話なのですよ（小声）。

そして私、どんだけヒナタの事大好きなのよ、って話ですよ！

キャー、とベッドの上狭しと、ゴロゴロ寝返りを決めていると、

「ふぐぅっ！」

ベッドの上から落下してしまいました。

……よかった、私が中三じゃなくて。落ちるなんて言葉は受験生には禁句だからね、なんていうよくわからないフォローを腰をさすりながら心中で行う。

しかしこう物理的なダメージを負ってしまうとなると、夢の反芻《はんすう》どころではなくなっちゃうなぁ。

お母さんに湿布をもらわなくっちゃ、と考えつつ、寝ぼけ眼《まなこ》を擦って、瞳《ひとみ》を開ける。

……寝ぼけ眼を再び擦って、瞳を開ける。

開けた。

……開けたら、え。

ここ、どこ?

私の目の前に広がる光景、私が今いる場所。

そこは、見知らぬ部屋だった。ううん、見覚えはあった。必要最低限の物しかないのに、その部屋のなかで異常な存在感を発揮する、夏だというのに出しっぱなしにされている炬燵《こたつ》。

でも、それを除けばやっぱり、飾り気のないシンプルな部屋。

ここは、夢の中で見た七年後のヒナタの部屋だ。

だって、床には腰に座布団《ざぶとん》を敷いただけの状態の、七年後ヒナタ大人バージョンが眠っているのだから、間違いない。

ぽくぽくぽく。頭の中でお坊さんが木魚を叩《たた》いている。これはいったいどういう事だろう?

ち—ん。私は手を打つ。頭の中ではお坊さんがち—んするやつをち—んしていた。あれ、そういえばあのち—んする奴《やつ》って、なんていう名前なんだろう。今度ネットで調べてみよ。

と、現実逃避気味に脱線しそうになる思考を、目の前の光景のことに引き戻す。

つまり、私はさっきまで、「夢の中で夢を見ていた」のだろう。……この表現はややこしいかな? とにかく、私は目覚めたわけでなく、あくまで今も夢を見ている、という事だと思う。

……つまりは、先程の夢の中で見ていた夢の続きをすることができるのだ。

「ふひっ」

変なことを考えていたためか、変な笑いが口から出てきていた。

普段はこんな明晰《めいせき》な夢を見ない。

でも、ヒナタと付き合ってからすぐにこんな夢を見るという事は……愛の力、という事ではないのかな⁉

ないのかな、ないのかも……なんて、私は自答した後に、四つん這《ば》いでヒナタが眠っている傍《そば》まで寄る。

仰向《あおむ》きで眠っている彼の寝顔を覗《のぞ》き込む。どこか可愛《かわい》らしい寝顔は、中学生の時から変わっていないなぁ。

でもでも、やっぱりかっこよくなったなぁ。

中学生のヒナタも、とてもかっこよかったけど、アホっぽさというか間抜けっぽさが滲《にじ》み出ていた。いやいや、それは良い意味でもあるの、多分。……断言はできないんだけど！

しかし今目の前にいる大人バージョンのヒナタは、その間抜けっぽさが消え、代わりに大人っぽく、精悍《せいかん》な顔つきに変わっていた。

男前に成長したんだね、私の見る目は間違っていなかったね、と感慨深く頷《うなず》く。……夢の中のことなのに、何を私は考えているんだろう、と心の中でツッコむのも、忘れはしない。

私がベッドから落ちた時の物音でも起きなかったし、私の変な笑いも、一切耳に届いている風でもない。流石《さすが》私の夢、今度はとても都合が良い。

……つまりは、絶好のシチュエーションなのだ。

キスをしよう。

そう考えた時、私は胸の鼓動が高鳴るのを自覚した。

ヒナタの唇を見る。

その薄い唇は、女の子みたいによく手入れがされている、というわけではないけど、無性に私の関心を引いた。

ちらちらと視界に入れ、覚悟を決める。そして、その度に躊躇《ちゅうちょ》をする。

……夢の中とはいえ、私はまだ中学生のヒナタともキスをしていないのだから、いくら同じヒナタとはいえ、大人のヒナタの唇にキスをするのは良くないのではないか？

私は深く考え、そしてやはり初めてのマウス・トゥ・マウスのキッスはちゃんと現実のヒナタとしよう、と考え直したのだった。暴走する思春期乙女《おとめ》ハートすら完全に制御可能な私。自らの自制心が恐ろしい。


……なので、おでこにチューをしよう。

夢の中だし、おでこだから全然大丈夫！　なはず！　この明晰すぎる頭脳が、やはり恐ろしい！

決意をしてからの行動は早い。

私は未《いま》だ止まない胸の鼓動を感じながら、体を倒し、そして眠ったままのヒナタのおでこに向かってキスをしようとした。

んだけど……

「うおおおぉっ⁉」

ヒナタが突然目覚めて、慌《あわ》てた様子で起き上がったのだった。

「きゃっ⁉」

私は思わず、短い悲鳴を上げた。

さっきみたいな変な声じゃなくて、可愛らしい声が咄嗟《とっさ》にでてきてよかった、と安心した。

ほら、私も年頃《としごろ》の乙女だから、好きな人には可愛いと思ってもらいたいわけなんです。

「……え、葉月《はづき》……⁉　夢、じゃない？」

未だ寝ぼけているのだろうか？　ヒナタは、ポカンとした表情で、私を見ていた。

それにしても、私の夢の中のヒナタも夢を見ているとは、なんとも変な感じだった。

「そ、そうか。そうだった。……そのなんだ」

首を大きく振ってから、ヒナタは私に話しかける。

「飯でも食うか」

柔らかく、でもどこか弱々しい微笑を浮かべて、ヒナタは言う。

「う、うん」

私は、少しの気恥ずかしさを抱えながら、彼の提案を首肯する。

するとヒナタは、

「それじゃ、ちょっと待ってろ」

と言って、立ち上がり、部屋から出てキッチンへと立った。

……あ〜、びっくりした！　いきなり起きるなんて、私の夢はホント、融通が利《き》かない！

あれは、成功する流れだったと思うんだけどなぁ、残念。

キッチンに立つヒナタの姿を見ながら、それにしても、と私は思う。

どうして夢の中のヒナタは、どこか後ろめたそうな微笑《ほほえ》みを、私に向けてくるのかなぁ、と。

6

俺《おれ》は今、彼女とデートに来ていた。

七年越しの、それこそ夢にまで見たデートだ。感慨深くないわけがない。……のだが、現状が特殊すぎて素直には喜べない。

ショッピングモールの中を、キラキラとした目で眺めつつ「ほえー」とか「すごーい」などと呟《つぶや》く制服姿の田舎《いなか》娘ＪＣの隣を歩くのは、何を隠そう二十一歳成人男性俺である。

どうしてこんなアンバランスなカップルの俺たちがショッピングモールで楽しくデートなんぞしているのか。まぁ、考えてみれば、当然の事でもあった。

こうなった経緯を、俺は思い出す。

§

七年ぶりに恋人と再会した翌日。

一緒に軽い朝食を済ませた後、ニコニコ笑顔を浮かべながら葉月《はづき》が言った。

「いつまでもヒナタの部屋にいたら迷惑かけちゃうし、一度自分の家に帰っても良いかな？」

……いや、まぁ当然そうなると思う。昨日は家に帰れなかったわけだけど、一旦《いったん》落ち着いたら普通は家に帰ろうとするだろう。未来の自分自身や葉月の家族がどうなっているのかも、やはり気になることだろうし。

「？　どしたの、ヒナタ？」

俺が答えに迷っていると、葉月がキョトンとした表情で尋ねてきた。

不思議に思うのも当然だ。葉月は、元の時間に戻れる、と誤解しているのだ。実際はそんなことは無く、元の時間に戻る方法なんて謎《なぞ》のまま、彼女は今こうして俺の目の前にいるのだ。

……本当は、気軽に自宅に帰ることなんて、出来ないのだ。

俺がこうして動揺している意味も、今の彼女に分からないのは、仕方ないことだが。

葉月の言葉に、何と返答したものかと考えてみても、上手《うま》く誤魔化《ごまか》す言葉は思いつかない。

だから、小細工なしだ。

俺は意を決し、口を開いた。

「葉月……頼みがある」

俺の口調は、自然と重々しいものになっていた。

「へ？　何、どしたの？」

俺は彼女の両肩を掴《つか》み、そして真《ま》っ直《す》ぐに瞳《ひとみ》を見て、言う。

「迷惑なんかじゃない。だから、何も聞かずに……俺と一緒にいてくれ」

胸がチクリと痛む。

俺はまた、彼女に本当のことを言えないことに罪悪感を抱いていた。

俺の言葉を聞いた葉月は、戸惑っていた。

何故《なぜ》、突然こんなことを言ったのだろうと、不安に思ったかもしれない。不信感を抱いたかもしれない。

俺は、葉月が何と答えるか、祈るような気持ちで待っていた。

「な、なに言ってるの、ヒナタ⁉　も、もう！　……ば、ばかぁっ！」

そして葉月は恥ずかしさを堪《こら》えるように、口元に手を当て、赤面を誤魔化すようにしながら俺を半ば睨《にら》みつけるようにして言った。

……あれ？　この反応は、ちょっと想像してたのと違うぞ。

俺に対する不信感とかはなさそうだ。確かに困った様子ではある。あるのだが、同時にどこか嬉《うれ》しそうな表情をしている。

というか目尻《めじり》を潤《うる》ませつつ視線をチラチラこちらにやる彼女を見て、すぐに気が付いた。

多分葉月に、『ヒナタに迫真の表情で愛の告白されちゃった！』と思われてんなー、これ。

俺がとんでもない暴投をかましたことを大いに省みていると、

「でも、うん。ヒナタがそうして欲しいなら……そうします」

自分の中で整理がついたのか、しおらしい態度で、頬《ほお》を朱に染めつつこちらを上目遣《うわめづか》いで見てくる葉月が俺へとそう告げた。

……なにこの雰囲気。どうしよう、めっちゃ恥ずかしい……。

「サ、サンキュー……。あ、そ、そうだ！　このまましばらく俺の部屋で過ごすことになるんだったら、何かと必要になるよな！　生活《せいかつ》用品とか、服とか、買いに行かなくちゃな！」

と、俺はこの空気を誤魔化すように提案したのだ。

「そ、それってつまり、デートだねっ！」

と、葉月が俺の言葉に対して言った。

その様子は先ほどまでの空気を振り払うかのような必死さも含まれていたが、それも彼女なりに気を使ってくれたからなのだろう。俺は正直、その気遣いに助けられた。あの空気が続くと、流石《さすが》に耐えられそうにないからな……。

というわけで、その気遣いに甘えて、気分を切り替えることにした。

ショッピングモールでデートだなんて、思考回路が田舎に毒され過ぎ……とは思ったものの、俺はすぐに考え直した。

思い返してみれば随分な田舎だった俺たちの地元には、ショッピングモールなんて高尚なものはなかった。何故か異様に駐車場の広いコンビニは嫌というほどあったが。

その後、地元のデートスポットを思い浮かべるのだが……これが驚くほどに何もない。

田舎には何もないから、ショッピングモールがデートコースになる、なんて。ネットでは嘲笑《ちょうしょう》を込められて言われているが、俺に言わせればショッピングモールがある時点でそこは田舎とは言えない。

と、心中穏やかではない俺だが、はしゃぐ葉月を見て思う。

初デートがショッピングモール、という俺たちの地元基準で言えばハイエンドなデートスポットに繰り出せるのだから、そりゃ確かにテンションは上がるだろう。

そう考えたところで更に気が付いた。

初デートがショッピングモールって、俺もじゃね⁉　と。……ああ、なんて情けないんだろうか、俺という奴は。

再び、笑顔をこちらに向けてはしゃぐ葉月を見た。

その可憐《かれん》な笑顔が、俺とのデートを楽しみにしてのものだと考えると、自身の情けなさがどうでも良くなるくらいに……心躍るのだった。

§

このデートに繰り出すまでの経緯を思い出した俺は、今度は目の前を上機嫌で歩く葉月に目を向けた。彼女に悟られぬように俺は一度深呼吸をして、初デートの緊張を解した。

そうしていると、先を歩く葉月がくるりとターンして、俺と向かいあった。

「さて、まずは何をしようか」

花が咲いたような満面の笑みで、葉月は言った。

「服でも見に行くか」

俺が言うと、葉月は「うん、デートっぽい！」と大きく頷《うなず》いてから言い、近くの柱に掲示された案内図をウキウキとした様子で見始めた。

色々ややこしい状況ではあるが、葉月が俺とのデートを楽しもうとしてくれているようで、一先《ひとま》ずホッと息を吐《つ》いた。

そして、もちろん俺も。彼女との初デートを、楽しみにしているのだった。


散財することがない俺は、それなりにバイト代を貯めている。

葉月の生活用品や衣服を購入するために、貯めていたバイト代をおろした。残高は減ったものの、生活を脅かすには程遠い。数字が減った預金通帳を見ても、そこに何の未練も感じなかった。

「とりあえず、これだけあれば色々と買い揃《そろ》えられるか？」

俺はそう言って、おろしたお金をＡＴＭに備え付けられている封筒に入れてから、葉月に手渡そうとした。

「そ、そんなに受け取れないよ！　だって、私がもらうお年玉より多いじゃん、そのお金。……ていうか、私のお年玉、お母さん銀行に半分徴収されて返ってこないんだよなぁ」

俺の申し出を固辞した後、葉月は虚《うつ》ろな目で自らの財政状況を吐露していた。

「俺のところのお母さん銀行は、四分の一徴収だったから、まだ良心的な方だったんだな」

「って、そんなことはどうでも良いよ！　とにかくそのお金は受け取れないよ！　それに、私がお金を持つ必要はないでしょ？」

「いや、そうは言ってもさ。一緒に買うにはその……気まずいものもあるだろ？」

例えば、成人男性と女子中学生が一緒に女性用の下着を物色していたら。条例と絵的にアウトではなかろうか。

「だから、いくらか持ってくれていると助かる」

しれっと告げると、

「言いたいことはわかるけど、やっぱりそれは嫌、雰囲気が台無しだよ！」

ぴしゃりと俺の言葉を跳ねつけ、

「全然デートっぽくない！　私、自分が欲しいと思ったものは頑張って可愛《かわい》くヒナタにおねだりするから。それで可愛いと思ったら、私にプレゼントして？　……あ、流石に下着とかは……そういうことしないけどっ！」

と、葉月は恥ずかしそうに言った。

物は言いようだな。それ、結局お金を受け取って自分が気に入ったものを購入するのと、気持ちとパカップルっぷり以外に何が変わるの？　とは思うものの、その気の持ちようというのが、重要なんだろうという事は流石に分かっていた。

それに、俺が気まずくなりそうな買い物は、こっそりやってくれそうなのは助かる。

しかし、葉月が提示したその条件は、俺にとってあまりにも不利だった。

なんだったら、葉月が怠そうに大きな欠伸をして腹をポリポリ掻きながら、「これ欲しー、買ってー」と、バイト代三か月分の指輪を買ってくれ、とねだったとして。

俺は一言、「しょうがねぇな」と言ってそれを買ってあげるだろう。何の迷いも抵抗もなく。

流石、七年間もいなくなった彼女を想《おも》い続けられる俺だ。気持ち悪いを通り越して、普通に怖い。

「だめ、かな？」

早速、葉月が提案をのんで欲しいとおねだりをしてきた。

そんなん言われてもなぁ。

「しょうがねぇな」

俺は決まりきった答えを口にしていた。

§

ショッピングモール内の女性向けファッション店を、二人で回る。

葉月は上機嫌で様々な洋服の試着を行い、そして俺に見せつけては評価を聞きだそうとする。

俺も、そううまいことは言えない。せいぜいが、「似合ってる」とか、「可愛い」とか、「マジ天使」とか、涙を流しながら「ありがとう……」と呟くのが精いっぱいだった。

その度に、葉月は呆《あき》れたように「しょうがないなぁ、もう」とか「て、照れるじゃんか……」とか「え、泣いてるの？　……え？」と、頬を朱色に染めながら膨らませていたり、冷めた目で俺を見たりしていた。

こんな制服JC葉月と、成人男性俺は、周囲の人間にどのように見られているのだろうか？

常識的に考えれば、仲の良い兄妹、というのが妥当な線か。顔は似ていないが。

最悪なパターンは変態ロリコンウジ虫野郎と金につられた馬鹿《ばか》なJCと言う風に周囲に勘違いされることだ。……いや、これは考えすぎか。

だって、ほら。今も葉月の試着に付き合っている、俺より二、三歳年上くらいの綺麗《きれい》な女性店員さんの様子は何もおかしくない。

表情には笑顔を張り付けているのに、瞳の奥が全《まった》く笑っていないことが、ほんの少しだけ不自然だったが。

……分かっている。この反応が後者のほうだという事は。

俺は通報されないことを祈りつつ、葉月のファッションショーを全力で楽しんだのだった。


「本当に、それでよかったのか？」

「うん。結構可愛い服、多かったし」

さんざん回った女性向け衣料店だったが、結局は全国チェーンのお財布に優しいファストファッション店で、必要な衣類を買い揃えた。葉月は俺におねだりをしてはこなかった。

冷やかしまくって結局買わなかったおしゃれ衣料店には申し訳ない。だからホント、通報はしないでいて欲しい。と、俺はまたしても心の中で祈っていた。

「むー」

俺がそんな風に考えていると、葉月はどこか不満そうな声で唸《うな》っていた。

「やっぱ、他《ほか》の店でも気に入ったの買っとくか？」

俺が言うと、

「そういうのじゃないよ！　……ただ、ほら。『それでよかったのか？』と言われるよりも、

『何を着ても似合うよ』とか。『何でも可愛いよ』みたいな。超絶テキトーでありながらも私の心をくすぐってくれるような反応を期待したわけですよ、バカな私は」

ふん、とそっぽを向く葉月。

おっしゃる通り本当に馬鹿だな。普通それ、思ってても言わんだろ、と冷静に心中でツッコむのと同時に、この馬鹿すげー可愛いな、おい！　と思う俺も本物の馬鹿なのだろう。

そりゃ、確かに葉月は何を着ても似合うし、可愛い。だけど、ヘタレで女性経験皆無な俺はそんなことをスマートに言う事が出来ない。

だから、

「はいはい、可愛い可愛い」

そっぽを向く葉月の頭をなでながら、俺は言う。

……やっべ、普通に恥ずかしいぞこれ。顔が熱い。きっと俺は今、真《ま》っ赤《か》になっているのだろう。

俺に頭を撫《な》でられている葉月が振り返る。その表情には大きな満足感と、わずかばかりの不服が混じっていたが、俺の真っ赤になった表情を見てだろう。それが１００％の満足へと変わり、にやにやとした笑みを口元に張り付けながら、

「ま、及第点です」

と大人ぶって言う彼女だった。

そして、悪戯《いたずら》っぽい笑みを引き続き浮かべて言った。

「じゃあ、次こそ下着だね！」

「それは勘弁してくれよ！」

絶望を孕《はら》んだ俺の声。もし葉月の提案が実現したら、通報は避けられないだろう。

「ウソだよん。さっき、こっそり一緒に買ってたから」

これ、と言って、先程の衣料店の買い物袋を掲げる。中の下着を取り出して掲げるようなことはなかったが。

そのことに俺は、心底ほっとする。

「死ぬかと思ったわ」

「そんなん、大げさすぎるよ」

けたけたと笑う葉月。いやいや、ほんと死ぬところだったから、社会的に。

「とにかく、次は、生活用品だな」

俺が言うと、

「ん、そうだね」

上目遣いに覗《のぞ》き込んでくる葉月。

俺はやれやれと頬を掻《か》いて、ショッピングモール内にある大型スーパーへと向かった。

§

「先輩、私はとても残念です」

数千円を葉月に手渡して、（ちょっと疲れたから休みたい、と情けないことを言ったら、葉月はそのお金を素直に受け取ってくれた）衣類以外の生活に必要となりそうな品の購入に向かわせてから、店舗内に複数ある、休憩のために用意されたソファに腰を下ろした俺にそう声を掛けてきたのは、一つ年下の女の子でバイト先の後輩である喜野《よしの》だった。

「うおっ、喜野⁉　どうしたんだよ、こんなとこで？」

と、問いかけるものの、俺と喜野の生活圏はほとんど被《かぶ》っている。ここでばったり出くわしたのも、そこまで不思議なことではなかった。

「休みの日にショッピングモールで買い物をしていたら、先輩がいたので」

声を掛けました、と暗い表情で言う喜野。

こいつも大概おかしなやつだが、このテンションはなんなのだろうか？

「何が残念なんだよ」

不思議に思った俺は、問いかける。

「休みの日にショッピングモールで買い物をしていたら、先輩が制服姿のＪＣと思《おぼ》しき女の子に、お金を渡していたので」

本当に残念です、そう呟きながら喜野はトートバッグからスマホを取り出し、操作を始めた。

俺は顔を引き攣《つ》らせながら、

「おいおい、もしかして目前の敬愛する先輩をほっぽりつつ、どこかの誰《だれ》かにお電話でもするつもりなのか？　つれないなぁ」

言うと、背筋に冷汗が流れた。ふっと、口元に微笑を浮かべる喜野が応《こた》える。

「私、先輩を待ってますから、ずっと、いつまでも」

そして、スマホの画面をタッチ。それを耳に当てる。

「ちょっと待て！　マジでやばい勘違いだからな、それ！」

待つって、俺が娑婆《しゃば》に出てくるのをか⁉

「いやっ、私に乱暴するつもりですか？　ケダモノですっ！」

「ちげぇよ、お願いだからちょっと黙っててくれ！」

俺は喜野からスマホを取り上げる。急いで電話を取り消そうと画面を見るが、

「あれ？」

ただの待ち受け画面だ。

「あれれ、スマホのロックを解除した後、何となく耳に当てただけなのに……なんでそんなに慌《あわ》てているんですか、怪しいですねぇ。やっぱり、さっきのロリと何か関係が……」

「俺、たまに無性に可愛い女の子のスマホを触りたくなるんだよ。あー、よかった。こんなタイ

ミングで超巨乳美女の喜野に会えて！　おかげで、発作も収まった。ほれ、返すわ」

そう言って、俺は喜野にスマホを返す。

受け取った喜野は、「ええ、そんな傾国の美女だなんて言い過ぎですよ～」だなんて、口元をふにゃふにゃさせつつ、満更《まんざら》でもない表情で呟いていた。確かに言い過ぎだよ。俺もそこまで言ってないじゃん？

でも、よし！　いけるいける、喜野ってばちょろい！

俺がニコニコ笑顔で心中ガッツポーズを決めていると、

「じゃ、そろそろ通報しますか」

手慣れた手つきでまたしてもスマホを操作する喜野、しかし……

「させるか！」

俺は素早く喜野のスマホを取り上げた。

「ちょ、ちょっと先輩……必死すぎて普通に引いているんですけどー？」

「わ、悪い。また発作が起こってしまった」

今回、考えるよりも先に体が動いていた。

なんだったら、ホントにスマホを取り上げたくなる発作があるのかと疑ってしまう。嘘《うそ》から出た真《まこと》、なのだろうか。俺は少しばかり自分の体調に不安を抱いた。

俺が自らの体調に意識を向けていると。

「ま、意地悪はここまでにしておいて。先輩、あの女の子は誰なんですかぁ？」

飴玉を転がしたような甘い声で、喜野は俺の耳元で囁《ささや》いた。

ぞくり、と体が震える。身を捩《ねじ》って、彼女と距離を開けてから、

「……従妹《いとこ》だよ。夏休みだから、田舎からこっちに遊びに来てるんだ」

考えうる中で最も無難な答えを口にしていた。

「そんなところだと思いました」

何でもないように、喜野は振舞っている。

「でも、全然似ていないですね」

「従妹っつっても、直接的な遺伝関係はあんまりないだろ。似てないのも、不思議なことじゃない」

「でも、だからこそ従妹とは結婚出来るんですよね。……親御さんも心配ではないんですかね。年頃《としごろ》の娘を、従兄《いとこ》とはいえ一人暮らしの成人男性の部屋に泊まらせるなんて」

周囲の空気が凍った。そう思わせるほど怜悧《れいり》な一言だった。

「なんで、そのことを……!?」

「マジですか……？」

穏やかに笑っていた喜野が一瞬、驚愕《きょうがく》の表情を浮かべた。……しまった、かまをかけられていたのか！

すぐに喜野はいつものように、薄化粧の可愛らしい顔に穏やかな笑みを湛《たた》える。湛えてはいるのだが、目は笑っていなかった。

「……おいおい、俺は一体喜野が何を言いたいのか、全く分からないよ」

「ウソつき」

「……何が言いたいのか、分かりたくないんだよ」

「先輩のそういうしょーじきなところ、大好きですよ」

今度は、正真正銘の笑みだった。優しげな光が、瞳の奥に灯《とも》っている。

「だからこそ、先輩が道を踏み外すのは黙って見ていられないんですぅ！」

余計なお世話だった。

「ヒナター、買ってきたよー。……って、この人、誰？」

そして最悪なことに、葉月がこのタイミングで買い物から戻ってきた。彼女は、俺の隣にいる巨乳女子大生に視線を向けた後、酷《ひど》く取り乱した様子で手に持っていた買い物袋を床に落としていた。

俺は頭を抱えながらも、

「こいつは喜野瑠乃《るの》。バイト先の後輩「で、先輩とは、お付き合いさせてもらってます。よろしくお願いしますね」被《かぶ》せるな平然と嘘を吐くな誤解するだろ馬鹿野郎」

「いやいや、これで先輩がロリの道へと踏み外さないのならば、私は多大な犠牲を払った価値があるというものですよ」

　小さな親切大きなお世話を地で行くスタンスだ。

　そしてその言葉の通り受け取ると、『俺の彼女』宣言は多大な犠牲ということになるのか、すげぇ失礼なことを平然と言うもんだから受け流してしまいそうになったぞ。

「え、彼女？　彼女は私？　じゃなくて、この人？　ええ、こんな昼ドラみたいなドロドロ展開すら、私は心のどこかで望んでいるの？」

　だめだ、葉月が壊れた。……いや、逆に好都合、か？

　誤魔化そうと頑張って説明しても、必死になればなるほど二人の誤解が深まりそうだし、適当に話を終わらせよう。

「従妹の、葉月」

　とりあえず、俺は呆然《ぼうぜん》自失している葉月を無難に、紹介する。

「私はヒナタの従妹になっているの⁉　この設定は……どういう意味があるの⁉」

　目を見開いて自問する葉月。空気を読んだのか、否定《ひてい》をせずにいる。大丈夫そうだな……いや、これ本当に大丈夫か？

「そっか、葉月さん、ですか。いつも先輩にはお世話になってます」

「え、あ……はい」

　気さくに話しかける喜野。心ここにあらずと言った様子で応える葉月。

……自分で振った話だけど、なにこれ。収拾つくのか？　超不安なのだが。

「ところでせんぱぁい、どうですか私の私服、似合ってますか？　可愛いですか？」

「そういうのは出会い頭に聞けそして俺はお前の私服なんて見慣れているから何とも思わん興味もない」

俺の答えを聞いた喜野は、

「あ、そう言えば私、電話するところがあるんでしたー」

「いやー、喜野の私服姿、すげぇ可愛いな。夏らしく肌を露出した服装はそこはかとなくエロいと思えるし。いやぁ、ほんと、喜野ってスタイル良いよな。何着ても似合っちゃうんだから。いつか、なにもきかざらないうまれたままのすがたも、みてみたいものだなぁ」

「棒読みかつどぎついセクハラだからダメでーす」

無表情でスマホを操作する喜野を必死に止める。

どこぞの国家権力に電話をするのは諦《あきら》めたようだったが、それでも無表情のままで、俺の背中を平手でパンっ！　と叩《たた》いて不満を表明したのだった。割と痛くて普通にうっとうしかった。

「この距離感、やっぱり浮気《うわき》なのっ……!?」

ぼそぼそと呟く葉月。

取り乱すことしかできない俺。

こんなやり取りが、喜野が満足するまで続けられるのだった。

§

　その日の夜。

「私が従妹？　彼女が喜野さん？　するとここでの私は……喜野さん？」

　ぶつぶつと何やら呟く葉月。ちょっと何を言っているのか分からない、マジで。俺はどうフォローすればいいのかわからずに、狼狽《うろた》える。

　……いや、喜野のあんなテキトーな冗談をまともにフォローする必要が、果たしてあるのか？

　いや、ない。そう判断して、一言告げる。

「あいつの言葉は全《すべ》て嘘だ。無視した方がいい」

「……嘘、なの？」

　弱々しい眼差《まなざ》しを向けて問いかける葉月に、俺は大きく頷く。

　それを見た葉月が、今度は「ふーん」と、つまらなさそうに呟いた。

「や、なんだよ。その反応は？」

「……なんで、私の事。従妹だって嘘ついたの？」

「え、いや。それは……」

「喜野さんには私が彼女だ、って。思われたくなかったのかなー、ショックだなー」

頬を膨らませて、いじけたように告げる葉月。

なるほど、分かった。

ちゃんと、彼女だって紹介されなかったことが不満だったのだろう。そんな場合ではないと分かっているが……いじける葉月も超可愛《かわい》いなと、俺は思った。

ここで世間体とか、通報がどうとか言うのは、葉月に対してあまりに不誠実だ。だから、俺は素直に謝ることにした。

「悪かった。心の準備が出来ていなかったんだ。今度、機会があれば。ちゃんと彼女だって、紹介するよ」

俺の言葉に、ムスッとしたままの表情で、ジトッと湿った視線を向けながら、か細い声で確認をする葉月。

「……絶対？」

「ああ。絶対だ」

力強く答えると、しばらくの間ジッと俺を見つめた後、

「じゃあ、今回だけ特別。……許してあげる」

と、言って少し俯《うつむ》きつつ、自分の頭を俺に向けてきた。

一瞬、何のつもりだろうかと思ったものの、すぐに得心した。

これは恐らく、「許してあげるから頭を撫でなさい」の意思表示だ……。俺はそれを察し、神妙な表情で右手を頭の上にのせる。

肌触り抜群の絹のような髪の毛を指先で梳《す》きつつ、優しく葉月の頭を撫でる。

しばらくの間そうしていると、葉月は無言のまま、おでこを俺の胸元《むなもと》にこすりつけてきた。

これはきっと「気持ち良いです」の意思表示だ。耳まで真っ赤にして俯きつつも、そのアクションを取る葉月が、超可愛い。

しばらくの間、超可愛い葉月の頭を撫でていた俺は、しみじみと思うのだった。

俺と葉月って、割とマジでただのバカップルなんじゃね、と。

7

「ところで、今日はアルバイトがあるんだよね？」

喜野《よしの》と会った翌日。

葉月《はづき》は、昼ご飯のそうめんを啜《すす》っている俺《おれ》に、唐突に尋ねた。

俺は一瞬何の事だか分からなかったのだが、

「あ、そうだった。今日はバイト入ってたわ」

と言ってから、ハッとした。

葉月が来る前は、俺が人間らしく行動をする唯一の時間はバイトをしている最中のみだった。だから、そのバイトのシフトを忘れるということなどこれまではなかったのだが、今は違う。

まず優先順位が葉月と一緒にいることになっているのだ。何だか昔に戻った気がする。

「もう、忘れてちゃダメじゃん」

おかしそうに、葉月は笑った。

そうだな、と俺は苦笑しつつ頬《ほお》を指先で掻《か》く。

「て、いうか。なんで葉月が俺のシフトを知っているんだよ？」

「なんでって、喜野さんが昨日言ってたからだよ」

まぁ、俺が葉月に言っていないという事は、情報の流出元は喜野以外ありえないか。

俺はふむと頷《うなず》いてから、

「ま、今日は平日で、休前日でもないから。客もそう多くはないだろうし、店長に連絡して休ませてもらうわ」

俺が軽く言って、箸《はし》で数本のそうめんを摑《つか》むと、

「駄目だよ、ちゃんといかなくっちゃ」

と、意外にも真面目《まじめ》な声で俺を窘《たしな》めた葉月。

「いや、そうは言っても……」

俺がその迫力に押されて口ごもると、

「私のことは大丈夫だよ。お留守番一人でちゃんとできるし、ご飯だって作れるし、心配しないで」

Vサインを俺に見せびらかす葉月。なんだか妙にやる気だった。

まぁ、そう言ってくれるのならバイトに行くか。……あんまり粘るのも変だし。

「わかった、それじゃ留守番よろしくな」

俺が答えると、葉月はニコッと笑みを浮かべた。

「今日はもう、二人とも上がりな」

店長が、いつもよりだいぶ早い時間に俺と喜野へと告げた。

予想通り客も比較的少なく、今店内にいるのも常連のお客さんが二組だけ。これからの時間に急に客が増える事もないに違いない。

このままバイト二人を拘束するよりも、解放して人件費を抑えた方がいい、と店長は判断したのだろう。

そんなわけで、俺と喜野は労働から解放されたわけだ。

§

「先輩、時間的にちょっと余裕あるだろうし、少し私の部屋で飲んでいきません？」

前言撤回。着替えてから店を出るとき、背後から喜野に声を掛けられたのだ。しまった、俺たちの戦いはこれからだ。頭の片隅に打ち切り漫画の編集コメントが自然と浮かんだ。

「……今日は、遠慮する。葉月いるし。んじゃ」

おつかれさん、と言い残してその場を後にしようとするものの、

「そんなこと言わないで！　一杯くらい良いじゃないですかぁ！」

俺の服の裾《すそ》を指先でちょいとつまみながら、甘えた声で、さらに付け加えると上目遣《うわめづか》いに潤《うる》んだ瞳《ひとみ》をして告げる喜野。あざとさのバーゲンセールだった。

「……珍しいな。喜野がしつこく飲みに誘うなんて」

「べつにそこまでしつこくないですぅ、珍しいのは先輩ですぅ。いつもなら私が誘ったら、なんだかんだ断らずに付き合ってくれててちょろかったのに。葉月さんが来た途端これですよ」

ぷい、と不機嫌そうに顔を背《そむ》ける喜野。

そういう風に素直に言われると、弱いんだよなぁ。ちょろいと言われたこともスルーしてしまいそうになる。ていうかしちゃう。

ＮＯ、と言えない典型的日本人であるところの俺は、

「分かった、一杯だけな」

そう言って喜野の誘いに乗ったのだった。

「やった！　やっぱり先輩ちょろい！」

などと喜んでいる喜野をみると途端に帰りたくなったが、仕方ない。

誘いに乗ってしまった以上は、大人しく付き合おう。

喜野が住んでいる部屋は、俺たちのバイト先である居酒屋のある雑居ビルの二階にある。

店長の知り合いが家主さんだそうで、割安で借りられているのだという。

「先輩、何飲みますか？」

ホントに女子大生の部屋か？　と思うほどシンプルな部屋に通される。そして、リビングのちゃぶ台の前に座った俺の目の前に、アルコール類が置かれていった。

キンキンに冷えて汗をかいた発泡酒の缶と、安物スコッチウィスキー、日本一の出荷量を誇る有名芋焼酎の瓶《びん》がそこにはあった。

俺の目の前でご機嫌な表情を見せる巨乳女子大生が、一瞬疲れたサラリーマンか何かと錯覚してしまうようなラインナップだった。

「んじゃ、これもらうわ」

ちゃぶ台の上から発泡酒を一本取り、プルタブを開ける。ぷしゅっ、という炭酸が漏《も》れる音が、実に耳に心地よい。

「じゃ、私も一緒のを」

そう言って、喜野も缶を開けてから、

「お疲れさまでーす」

と宣言してから、俺の持っていた発泡酒の缶へ、自らが握った缶をこつんとぶつけた。

「ああ、お疲れさん」

俺も答える。そして二人で発泡酒を缶のまま、グラスに注《そそ》ぎもせずにごくごくと喉《のど》を鳴らして飲んでいく。

舌で味わう前に、発泡酒は喉を通り、胃へと収まった。

安物の発泡酒だが、メーカーの企業努力のおかげか、缶ビールと比べてもそう変わらない喉ごしだと感じる。

特に、労働の後の一口目が格別にうまいのは、ビールも発泡酒も変わらない。

「ぷはー」

一口流し込んだ後、おっさんっぽく大きく息を吐く喜野。あざとい仕草《しぐさ》よりも、こういった反応を見せるときの方が、親しみやすく感じる。

「んで、今日はなんでまた俺を誘ったんだ？」

俺はつまみとして店長と奥さんから提供されたどて煮を口に運びながら、喜野に尋ねる。

まぁ、こういった会はこれまでもこれといった理由なく開催されていたわけで、今日もなんとなく以外の理由は無いのだろう、と思っていたのだが。

「……もう少し、酔いが回ってから発表します」

という回答だった。

意外な答えだったため、俺は疑問符を表情に張り付けたが、まぁ大した理由ではないだろう。

俺は適当な話題を振ってから、再び缶に口を付けてアルコールを胃へと流し込んだ。

「先輩が葉月さんにばっかり構っているのが嫌なんですぅ！」

すっかり酔った喜野を横目に、俺は発泡酒の缶をもう一本開けていた。一杯だけ付き合う、なんて言葉を律儀に守るような自制心の強さは、ほろ酔い気分の俺にはなかった。

因《ちな》みに喜野はと言うと、二杯目三杯目と芋焼酎のロックを飲んでいた。彼女の吐息には、芋焼酎特有の癖《くせ》のある匂《にお》いと、濃いアルコールが含まれていた。

「何だよ、それ。どういう意味だ？」

喜野は量は結構飲めるのだが、酔いが回るのは他人に比べて結構早い。顔を赤くし、据わった目で俺を見つめる。

「いや、別に彼女面とか、そういう風に思ってほしくはないんですけどね。ほら、私って結構、交友関係は狭いじゃないですかぁ？」

他《ほか》の女にこんなことを言われたら、「お前の交友関係なんて知らん」と切って捨てる場面だが、この喜野に限ればそれは当てはまらない。

「だから、そうなるのは寂《さび》しかったんですよ……」

と、しょんぼりとした様子で言った。

喜野瑠乃《るの》の過去は、結構重い。

……いや、過去と言えるほどの過去が、彼女には無いのが重いのだ。

喜野瑠乃は、記憶障害だ。

三年前、俺たちのバイト先の店長と奥さんが、ふらりと休みの日に近くの川沿いを散歩していた際に、こいつと出会ったらしい。

その時の喜野の記憶は……ひどく混乱したものだったらしい。何処から来たのか尋ねられた彼女は、日本の……いや。世界中のどこにもない地名を告げた。

それ以外の受け答えも要領を得なかった。彼女が覚えていた名前や年齢なども、実際問題、真実なのか怪しい。

その時の喜野の所持品は、身に着けていた衣服だけ。

身元を保証する持ち物は、何も持っていなかったそうだ。

自分がどこから来たのか。自分がどんな人間だったのか。

彼女の言葉を証明する物は、何一つとしてなかった。

当時の喜野は、おそらく元来の根暗さと、記憶を失った混乱があわさり、非常に陰気で口数の少ない少女だった。

今でこそ店長や奥さんに心配をかけさせまいと、明るく社交的に振舞っているが、それが本来の性格ではないことは理解している。

……そして、記憶の混乱は結局戻らず、身元も判明しないまま、彼女は今を生きている。

幸運だったのは、彼女が最初に出遭ったのが悪人ではなく、現在お世話になっている店長と奥さんの二人だったことだろう。

諸々の手続きの手伝いに加えて、働く場所と住む家の用意までしてくれた。そして、彼女の努力と周囲の配慮によって、大学まで行くようになったのだ。

それは、素直にすごいことだと俺は思う。

だが、そんな彼女の交友範囲は限定されていた。

大学で関《かか》わる極少ない知人と、バイト先で関わる人々。きっと、そのくらいのものだ。

だから、俺が喜野の相手よりも、葉月の相手を優先させることが、寂しいのだと。

こいつは、そう言いたいのだろう。


……そういう弱みを見せられると、俺も普段のような突き放した態度をとることが出来ない。

「取られるも何も、ねぇよ」

握りしめたままだったため、体温が移って少しだけ温《ぬる》くなった発泡酒。

麦の風味が強くなったそれは、最初の一口目に比べると随分渋く感じた。

「言うて、俺の交友関係のほうが断然浅いからな」

にやり、と俺は何の解決にもならないことを自信満々に言う。

「……全く意味が分かりません」

と、くりっとした目を見開いて喜野は言った。

「それもそうだな」

手にした缶を、ぐいと一気に呷《あお》る。渋みが増したそれだったが、飲めないほど不味くは無かった。空になった缶を、ちゃぶ台の上に置いた。

「実は私、先輩に嘘を吐いていることがあるんです。聞いて……くれますか?」

弱々しく呟く喜野。その姿は、普段のふざけた様子からはかけ離れており、或いは本当に彼女が何か重大な嘘を告白しようとしているのではないか、と思うほどだった。

俺は、俯いた彼女の頭頂部を一瞥してから、言った。

「……実はそのアホ毛、毎回セットしてるとか?」

「き、気にしてるのにっ!」

半眼で俺を睨みながら、アホ毛を抑える喜野。

「悪い、冗談だ」

「……折角私が真面目なお話をしようとしてたのに。しょうがない先輩れす」

「呂律回ってねぇのに真面目な話なんてできないだろ。……また今度、酔ってない時にでも聞かせてくれ」

「……また気が向いたら、そうしてあげます」

俺の言葉に、少し寂しそうに、でもどこかホッとしたような表情をした喜野が応えた。

もしかしたら、酔って勢いをつけないと言えないことだったのかもしれない。もちろん、ただの冗談の前振りだった可能性もある。

いずれにせよ、俺は今ここで、その嘘とやらを聞かないことを選択したのだった。

先ほど飲み切り、既に空になった缶を握りしめ、意味もなく口元で傾ける。僅かに残っていた一滴が、俺の舌の上を転がった。

「んじゃ、今日は帰るわ」

手にした空き缶と、ちゃぶ台上の空き缶を、スーパーのビニール袋に突っ込んで片づけた。

「ええぇ～、もうちょっろ飲みましょうよ～」

甘え声で言う喜野。ちょっと呂律《ろれつ》が回ってなかった。今日は酔いが回るのが特に早いな、と思った。

「今日、調子悪いんじゃねぇの？　もう寝てろ」

喜野に軽くデコピンしてやる。「痛いじゃないれすか～、傷物になったらどうするんれすか、嫁入り前の娘になんてことを、責任を取ってくらさいよ～～」とごにょごにょ言う喜野を残し、俺は部屋を後にした。

§

「お酒臭《くさ》い！」

部屋に帰った俺を出迎えたのは、葉月の割と辛辣《しんらつ》な一言だった。

「悪い、ちょっとだけ飲んでた」

「ちょっとだけって、結構酔っぱらってるじゃん！」

そうだ、俺も別にアルコールに強いわけではない。発泡酒を二本も開けたら、相応に酔いが回る。

「ごめんごめん。それにしても……」

いつもニコニコと笑う素敵な葉月だが、怒った顔も可愛《かわい》いなぁ。俺は酔っぱらって気が大きくなっていることも手伝い、大胆な行動をとった。

「ふえっ⁉」

驚きと羞恥《しゅうち》が入り混じった表情で、声を漏らす葉月。俺が右手を葉月の頬に、左手を頭の上に置いただけで、こんなんなってて、やっぱり超キュートだと思います。

「ちゃんとお留守番出来てえらいなー、葉月。それに、かわいいなー、葉月」

なでなでなで、と両手で頬と髪の毛を無遠慮に撫《な》で続ける俺。

しばらくは顔を真《ま》っ赤《か》にしてその仕打ちに耐えていた葉月だったが、

「こ、こんなの全然嬉しくないしっ！　さっさと眠っちゃえ、この酔っ払いー！」

うがー、と唸《うな》りながら俺の両腕を振り払い、ベッドへと駆け込んだ葉月。

やりすぎちゃったか、とは思うものの、アルコールのせいでボーっとした頭ではうまいこと判断できない。

とりあえず、水でも飲むか。

そう思ってリビングからキッチンへと移動し、蛇口を捻《ひね》って水道水をコップへ注《そそ》いでからそれを一気に飲んだ。

そして一息ついてから、帰宅した時には気付かなかったことに、初めてこの時気付いた。

キッチンに漂う、食欲をくすぐるある匂いにだ。

「これ……」

自らが作った覚えのない、カレーが鍋の中にあった。誰《だれ》が作ったか、なんて明白だ。

葉月が作ったに違いない。そして、この量を見る限り一人で食べるために作ったわけではないのだろう。

「……このカレーの匂いに気付かないとか、ホント酔っぱらってんな、俺」

自嘲《じちょう》気味に俺は呟《つぶや》く。

俺は胸の内に罪悪感染《じ》みた感情が生まれるのを感じた。

コンロの火をつけ、カレーを温《ぬく》める。

そして、煮立ったルーを皿によそってから、俺は「いただきます」と呟き、そのカレーに口を付ける。

「……普通だ。うん。でも、普通にうまい」

一口大のじゃがいもと共にルーを口に放り込みながら、そういえばと俺は思う。

彼女の手料理を食べたのは、これが初めてだな、と。

8

また、夢を見ている。

私が幼かった時の夢。

隣には、いつも一人の男の子がいた。

幼馴染《おさななじみ》、なんだろう。出会った時の事なんて、覚えていない。強烈な出会いなんて経験をしていないのだから当然なのかもしれない。

物心ついたときには、彼と私は、一緒にいるのが当たり前だった。兄妹同然に育って、誰《だれ》よりも長い時間を共に過ごした。

何かのきっかけがあるとかではなく、ただ自然と、いつの間にか。

それが当然だとでも言うように。

私は彼のことが、大好きになっていたのだ。

「……っ！」

私は起きる。目を、覚ます。

覚ましたはずだ。

それでも、目前にあるのは、夢の中と変わらない光景、七年後のヒナタの部屋だ。

六畳一間を見渡してから、私はふむと考える。


これ、もしかして夢じゃないんじゃね？　と。


窓から差し込まれる陽《ひ》の光、肺に取り込まれる温かな空気、目の前で寝息を立てているヒナタの存在感。

そのどれもが明確なリアリティをもって存在している。これが夢の出来事なのか、はたまた現実の出来事なのか。

時が経《た》つ毎、私は分からなくなっていく。

普通に考えれば、タイムスリップなんてありえない。だからこれは、夢か幻なんだと思う。

……深く考えると、何だか怖くなる。

だから私は、これは夢なんだ、って。考えるようにする。

――古文か何かで、【一炊《いっすい》の夢】というのを習った覚えがある。

人の人生とは儚《はかな》いものだと。一度ご飯を炊《た》く間のほんのわずかの時間に見る夢で、半生を体感することができる、と。

半生どころか、私の夢はまだ三日しか経過していない。きっと現実世界では朝飯前なのだろう。いや、これは寒かったかもしれない、反省だ。

なら、もっとずっと、この夢は続くのかもしれない。

でも、起きようと思っても起きられない限りなくリアルな夢って、現実とほとんど変わらないような気もする。そう考えると、やっぱりなんだか焦《あせ》るような気持ちにもなる。……焦るって、何にだろうか？　私は自分の感情に、答えを出せないでいた。

つまり何が、言いたいのかというと、……自分でもよくわからない。

……ただ、仮に。本当に私が現実の世界でタイムスリップをしていたとしたら。

私は一体、どうなっちゃうんだろう？

§

また、朝がやってきた。

とくれば、朝ごはんを食べなければならないと、育ち盛りの女子中学生である私は思うわけです。

　大人になったヒナタというか私の夢のなかのヒナタは、割と朝ごはんを抜かす人のようだった。寝ぼけ眼《まなこ》を擦りつつも、朝の支度《したく》を未《いま》だに始めないのだから、間違いないと思う。

「お世話になっているし、朝ごはんは私が作るよ」

　と私が言うと、

「カレー、美味《うま》かった」

　と、ヒナタは大きな欠伸《あくび》をしてから呟《つぶや》いていた。

「え、ごめん聞こえなかった。今、なんて言ったの？」

　ごめんなさいウソです聞こえてます、ばっちり聞こえてましたけど、もう一度言ってほしくて聞こえないふりをする私です。

「……昨日のカレー、残ってるんじゃないか？」

　照れたのか、二度目は言わないヒナタ。

　そういうぶきっちょなところも可愛《かわい》くて好き。大好き。話の変え方とか、下手過ぎて堪らなくなるほど愛おしい。

　と、いうのは一度おいといて。

　いくら成長期とはいえ、朝からカレーは、か弱い乙女な私にはしんどかったりする。

「うーん、もうちょっとカレーは寝かせとこ。それで、朝ごはんは軽く何か作るよ」

　と私が言うと、ヒナタは「任せるー」と気の抜けた返事をした。

私はよし、と気合を入れてからキッチンに立った。

冷蔵保存されていた食パンをトースターで焼く。その間に、ベーコンをフライパンで炒《いた》め、油が染《し》み出てきたところで卵を投下。

良い具合の半熟目玉焼きができたところで、トースターから焼き上がった食パンをお皿に移す。

その後、目玉焼きとベーコンもお皿に盛り付け、食パンにマーガリンを塗る。これで料理は完成。十分とかからない手際の良さ。この程度の料理なら誰でも十分もかからないと思うけれども！

二人分のお皿を持ってリビングに移動し、ヒナタがボーっとテレビを見てまったりとしている炬燵《こたつ》へと乗せる。

そして、冷蔵庫から一リットルの牛乳のパックとコップを一緒に置いてから、宣言する。

「どうぞ、召し上がれ！」

全《まった》く手のかからない料理をどや顔で披露するのは何を隠そうこの私である。もし私がヒナタだったら鼻で笑うところだが、優しい私の彼氏はそんな冷たいことはせず、「ありがとう」と一言お礼を言ってくれた。なにこれ嬉《うれ》しい。毎朝お味噌《みそ》汁を作ってあげたくなっちゃう。

私は食卓に出した料理を見てから、そういえば昨日もあんまり手のかからないカレーを披露したなぁ、と思い出す。

ヤバ、私の女子力低すぎっ⁉　と一瞬思うものの、今テレビで特集されている、参加すること自体に意義があるオリンピックと同じで、手料理を食べさせること自体に意味があるのだと私は思います！

乙女《おとめ》的スポーツマンシップに則《のっと》って、目玉焼きは立派な料理だとここに宣言します！

「って、あれ？」

「どうした？」

不思議そうな表情で、私を見たヒナタ。いやいや、その表情は私がしたいのですが。

「ヒナタって、目玉焼きは塩コショウ一択、じゃなかった？」

中学生の時のヒナタは、塩コショウで味付けした目玉焼き以外は決して食べることがなかった。それなのに、目の前のヒナタは目玉焼きに醬油《しょうゆ》をかけていた。いや、ただそれだけの事ではあるんだけど、私は驚きを隠せない。

「そんなこと、言ったことあったかな……？」

改めて聞く事なんて、なかったけど。十四年も家族ぐるみの付き合いをしていたら、自然と分かるようになる。それに、それだけ長い時間を一緒に過ごしても、ヒナタが醬油をかけて目玉焼きを食べているのを見るのは今日が初めてのことだった。

「ま、今日は醬油の気分だったんだ」

ヒナタは何でもないように呟いてから、トーストに齧《かじ》りついた。

私はその言葉に衝撃を受けた。シンプルに塩コショウが至高、と盲信していた中学生のヒナタが聞いたら卒倒しそうな言葉なんですけど……。

でも、大人になって味の好みが変わるのは自然なことか。

……それか、私が無意識の内に抱いていた、目玉焼きにかける調味料へのこだわりを捨てて欲しい、という願いが夢の中で反映されちゃったのか。

いずれにせよ、そう不思議なことでもないよね。私はそう思い、女子力低めの朝食をもぐもぐと咀嚼《そしゃく》した。

「皿は洗っとくから」

朝食を食べ終えて、二人揃《そろ》ってごちそうさまでしたと口にした後に、ヒナタが言った。

「いいよ、大した量じゃないし。私が片付けするよ」

私は立ち上がりながら言う。

「いやいや、そんな気を使わなくていいって。朝ごはんも作ってもらったんだし」

そう言って、ヒナタも立ち上がる。

私たちは、意外と頑固なところがある。普段はこだわりなんてないのに、ひょんなことからつまらない意地の張り合いをすることが多く、まさに今がそうだった。

互いに自らが家事をすると言って聞かない。私たちはシンクの前に立ったまま、どちらが洗い物をするかで、揉《も》めに揉めた。

一向に譲らない姿勢を見せ続けるヒナタ。私もそうだけど、なんでこんなくだらないことにムキになっているんだろう？　ふと我に返り、何だかおかしくなって私は笑ってしまった。

そして、丁度同じタイミングに、ヒナタもクスリと笑っていた。

今度は、二人で目を合わせてお互いに笑いあった。

「それじゃ、一緒に片づけよっか」

「でも、二人で作業するにはちょっと狭いからなぁ……」

ヒナタの言う通り、キッチンは手狭で、私とヒナタは肩をくっつけている。

確かに言葉の通りだったが、それでも身を寄せ合えば二人で立てないことは無かった。

「気にしない気にしない。ちゃちゃっと、終わらせよ」

私はスポンジで食器と調理器具を洗っていく。泡を洗い流してから、それらをヒナタへと渡す。一度始めてしまえば、ヒナタもグチグチと言ったりはしない。

ヒナタは受け取った食器や調理器具の水気を丁寧に拭《ふ》き取ってから、食器棚へとそれらを片づけていった。

「初めての共同作業だね」

私は、一緒に作業をするのが何だか無性に嬉しくて悪戯《いたずら》っぽく言ってみた。

「このくらいのことは、やってたろ」

確かに、一緒に洗い物をするくらいは以前もやっていた。学校の調理実習や、お家でご飯を食べた後に片づけをしていたことを思い出す。

だけど二人きり、というシチュエーションは、これまでなかったと記憶している。

「そうだったかも。だったら、さ」

私は手を止めて、隣に立つヒナタの顔を見上げる。ヒナタも、私の方を見た。互いの視線が、しっかりとぶつかりあってから、私は囁《ささや》いた。

「新婚さんみたいだね」

ヒナタの肩に、私は頭を傾けて寄りかからせる。

ヒナタはピクリ、と身を固くしてから、

「そうかもな」

と、手を動かしながらぶきっちょな肯定の言葉を放つ。


その不器用な言葉が、私の心を柔らかくくすぐって。

思わず、私の口元はにやけてしまうのでした。

9

葉月《はづき》が来てから、既に数日が経過していた。

ようやく、今置かれている〈異常〉を現実のものとして受け入れることができ始めた俺《おれ》だった。

この数日間、葉月とは買い物にいったり、水族館にいったり、二人で映画を見たり、部屋でダラダラと過ごしたり。

七年も離れ離れでいたにもかかわらず。青年と少女という風に関係性の変化があったにもかかわらず。……何だか、普通のカップルのように生活《せいかつ》をしていた。

彼女といる時間は、とても心地の良いものだ。改めて俺は、そう思う。

葉月の言葉に、俺の心はくすぐられる。

喜怒哀楽の感情が、無理やりに引き摺《ず》りだされる。それなのに、それがちっとも不快じゃない。

好きな女の子が一緒にいるだけで、世界が変わって見えるなんて我ながら単純だった。

「最近、明るくなったわね」

今日のバイト中、客入りがまばらな手の空いた時間に、店長の奥さんから告げられた言葉だった。

俺も、そう思う。

しかし、正確には明るくなったのではなく、これまでが暗すぎたのだ。葉月と一緒にいた中学生のころの俺が、いわゆるクラスのムードメーカーだったことを思い出す。

この変化はきっと、良いことなのだろう。

だけど、反対に。

最近葉月が、時折沈んだ表情を見せるようになっていたことが、俺を不安にさせるのだった。

§

バイト帰りの夜道。今日も、相変わらず暑い。労働をした後は、特にそう感じる。

不満を抱きつつ歩き続けていると、A市駅の時計台下を通り過ぎた。

ここは、七年ぶりに恋人と再会した場所だ。

……感傷に浸りたかったのだろうか。こんな暑い中だが、気が付くと俺は何故《なぜ》だかそこに座って、彼女と初めて出会った時のことを思い出していた。


あれは小学五年生の、始業式の日だった。

クラス替えという一大イベントに、俺も含めてクラスの大多数は大興奮だった。誰々《だれだれ》とクラスが一緒が良かった、誰々とまた同じクラスで嬉《うれ》しい。あいつとは違うクラスになりたかった。でも、なんだかんだで楽しそうなクラスかも。

そんな言葉が、教室の至るところで飛び交っていた。

中年女性の担任教師が教室に入ってきて、「いい加減にしなさい」と強い口調でクラスメイトたちを窘《たしな》めるまで、その騒々しさは続いていた。

そして、静かになった教室で、教壇に上がった担任教師がもったいぶったように言ったのだった。

「転校生を、紹介します」

と。

再び騒々しくなる教室内。しかし今度は、担任教師も口やかましく注意をすることはなかった。

そうして呼び出されて、廊下からすっと姿を現して教室に入ってきた同級生の女の子を見て

――俺の全身に心地好い電流が駆け巡った。

緊張しているのか、震えた声で自分の名前を告げた後、好奇心旺盛《おうせい》なクラスの連中から色々な質問を投げかけられていた。

それがどんな内容の質問で、どんな答えを返していたかまでは覚えていないが、それでも、徐々に彼女の緊張がほぐれていき、誰《だれ》からの質問にも堂々と答えるようになっていった頃には。

俺の視線はその少女に釘付けになっていた。

俺は、黙り込んだまま、ただ戸惑った。

彼女が現れたその時まで、男女誰とでもわけ隔てなく接していた。

ませたクラスメイトの女子に、一度だけ告白されたこともあったが、その女子のことを意識したことなんて、それ以前も以降もなかった。

自分はきっと、そういうのに関心が持てない人間なんだろう、と考えていた。

クラスメイトたちが恋愛について話すとき、俺はどこか一歩引いたところからそれを見聞きしていた。

だから、それまで想像出来なかったのだ。

初めて会った人のことを、理由も分からないまま自分が好きになってしまうことも。

こんなに簡単に、人は恋に落ちるのだということも。

「今日は、海に行かない？」

この夢を見てから。もしくは、この時代に来てから、何日が経《た》っているだろうか？　少なくとも、片手では数えきれないくらいの日数が経っている。

私は唐突な思い付きをヒナタに提案していた。

「海？　水着もないのに？」

ヒナタは少しだけ驚いてから、困ったように私に尋ねる。

「つまり、ヒナタが選んだちょっとエッチな水着を私が着たら、海に連れて行ってくれる、ってこと……？」

「たった一言をどれだけ曲解してんだよ、君？」

「それじゃあ、私の水着は見たくないってことなの？」

「それは見たいに決まってる！」

ぐ、っと拳《こぶし》を握るヒナタ。やったね、今日も私たちはどこに出しても恥ずかしいバカップルだよ！　と心中で万歳《ばんざい》する。

「海に行くのはいいけどさ。……遠いんだよね、海水浴場」

困ったように、襟足《えりあし》を指先でいじるヒナタ。でも、その言葉に、私も困ったように返答をした。

「え、A市駅だったら、上井海岸が結構近かったと思うんだけど……」

ここから上井海岸までは、そう時間がかからなかったと思うんだけどなぁ、と私は記憶を呼び起こす。

電車に乗り換えなしで十数分程度乗ってから、バスに乗り換えれば、片道三十分程度で行けるはずだ。そこまで遠い、というわけではないと思うのだけれど……。

「上井海岸？　あそこ、あんまり綺麗《きれい》じゃないからなぁ」

思いもよらなかったその言葉に、私は身を強張らせる。

私たちは、去年の夏。クラスメイト数人と一緒に、上井海岸に行っていた。

思い出されるのは、夕焼けが沈む幻想的な水平線。

茜色《あかねいろ》に照らされた海を見て、私とヒナタは「綺麗だね」と確かに言い合っていたはずだ。

なのに、ヒナタはそれを『あんまり綺麗じゃない』なんて言う。

それは、何故《なぜ》なのか？

最近、こういった違和感を覚えることが多かった。

夢か現実かも分からなくなってきた、この世界。だけど、夢でも現実でも、説明がつかない点がたくさんあった。

私はそれをこれまで見ないように見過ごしてきた。だけれど、きっと私は、もっとまっすぐにそれらと向き合わないといけない。

どうやったら目が覚めるのか。もしくは、どうすれば元の時間に戻れるのか、を。

だから、海に行こう、とヒナタに提案したのだった。

水平線が見える、夕焼け色に染まった海。潮の匂《にお》いが風に運ばれて、私の肌を優しく撫《な》でていく。私の記憶の中の海は、出来過ぎた絵画みたいに綺麗で、いつまで経っても色褪《いろあ》せない思い出だ。

だから、記憶にある海よりも、これから行く海の方が綺麗だったとしたら。きっとそれは現実にはあり得ない光景なんじゃないかな、と思うのだ。

現実にはあり得ないという事は、まさしくそれは夢を見ているんだろうなと気持ちの整理ができる、と私は考えている。

それに、上井海岸にはヒナタと一緒に何度か遊びに行ってたりしていて、わりと思い出深いところでもある。せっかくだから、大人バージョンのヒナタとも一緒に行きたい場所だ。

「泳ぎに行くわけじゃないし、良いじゃん」

私は、緊張を悟られないように努めて明るく口にした。

うーん、とヒナタは唸《うな》ってから、

「ま、あんまり期待するなよ」

と言った。

§

A市駅から十五分程度電車に揺られた後にG駅で降りる。乗り換えのバスを待つ間、今月末に行われるという、県下最大級の花火大会のチラシを眺めていた。

上井海岸前まで行くバスは、数分でやってきた。私たちはそのバスに乗車し、さらに十分程すると、目的の場所に到着した。

……そして、私は絶句することになった。

「前に比べればマシになってんな」

私たちの目の前に広がる景色は、お世辞にも綺麗と呼べる代物では無かった。なのに、ヒナタは以前よりもマシになったと言っている。

暗く濁った海。きつい潮の匂いが鼻を刺して、私は思わず眉《まゆ》を顰《ひそ》めた。

「俺《おれ》よりも、水質事故のことは葉月《はづき》の方が覚えてると思ったんだけどなぁ」

海を見て立ち尽くす私に、ヒナタは間延びした声で言った。

「水質事故?」

聞き覚えのない言葉を聞き返す。当然、一度も聞いたことのない言葉。なのにヒナタは私がそれを知っていると言う。

「ん？　中一の時、原因不明の水質事故があってこの海水浴場は遊泳禁止になっただろ。最近は随分と改善されたようだけど、未《いま》だに国の基準をクリアできていないんだから、ここで気軽に遊ぶような奴《やつ》はいないいんだ。……けっこう気にしてなかったか、葉月は？」

窺《うかが》うように、私に言うヒナタ。

でも、それはおかしい。

そんなわけはないのだ。だって、つい二、三週間前に、ここの海開きがニュースになって、近くの小学生たちが元気に泳ぎ回るのをケーブルテレビで見ていたのだ。

その時テレビのモニター越しに見た海は、とても澄んだ、綺麗な色をしていた。

「それにしても、やっぱ暑いな。日差《ひざ》しもきついし。自販機で飲み物買ってくるから、ちょっと待っててくれ」

そう言って、バス停近くにあった自販機まで歩いて向かうヒナタ。

私はもう一度海を見る。やはりそこに広がっているのは、濁っていて、お世辞にも美しいとは言えない海だった。

私は熱に浮かされたように、ふらふらとした足取りで海へと近づいた。

履《は》いていたサンダルをその場で脱ぎ捨てる。

太陽の熱を帯びた砂浜を足の裏でとらえると、砂利《じゃり》と小石が皮膚に食い込んだ。その僅《わず》かな痛みとうっとうしさをほったらかしにしたまま、私は海へと歩を進める。

スカートで隠されていない膝下《ひざもと》。ヒンヤリと冷たい海水が、皮膚を通して私に染《し》みこんでいくように錯覚する。

さらに進む。

スカートに水が染みこみ、身に纏《まと》う衣服の重みがグッと増した。動きづらい。だけど、気にせずにそのまま進んだ。

急に、水深が深くなる。私が顔だけ出すのがやっとの深さにまで。

肺一杯に空気を吸い込んでから、私は目を閉じて海の中へ潜った。

ぱちぱちぱちぱち、と何かが爆《は》ぜるような音が耳に届く。でもすぐに何も聞こえない、無音の世界になった。

常に付きまとっていた目に見えない重力の拘束から解き放たれ、代わりに今私の周囲には、不定形の大量の水がある。

何の抵抗もせずに波の揺れに身を任せていると、私が水に溶け込んで、海の一部になっていくような……そんな不思議な気持ちになっていった。

そして、私は目を開いた。

海水が目に染みる。ぼやけて何も見えなかったけど、徐々に慣れていく。

そうして現れた水の中の景色も、私が想像していたような綺麗なものでは無かった。

陽《ひ》の光が差し込む、薄暗い水中の景色は、私が見たかった光景では、決してなかった。

——そのまま私は沈んでいく。海に、そして自らの思考に。


不意に腕を掴《つか》まれる。そして乱暴な力で誰《だれ》かに強引《ごういん》に、引き寄せられた。

「何してんだ⁉」

私の耳に届くのは、慌《あわ》てた、怒ったようなヒナタの大声。

顔を上げてみると、何故だか今にも泣きだしそうな弱々しい表情をしているヒナタがいた。その表情に反比例するように、私の腕を掴む力は強くなっていく、
私は何かを言おうとして、すぐに言葉に詰まった。


何を言えばいいんだろう。

何を伝えたいのだろう。

ここに来れば何かが分かると思っていて。

そしてここで、私は何を理解したのだろうか?

「お願いだから……また俺の前からいなくならないでくれ」

ずぶ濡《ぬ》れになったヒナタが、くしゃくしゃの表情をして震えた声で呟《つぶや》くものの、その後に続く言葉は無い。

また、とは何なのだろう。

ヒナタは私に、何を願っているんだろう?

そのヒナタが、はっとした表情に変わった。そして、思いつめた様子で私に問いかける。

「どうした?」

問われてから、私は初めて知る。

「泣いて、いるのか?」

自らの頬《ほお》に、温かな雫《しずく》が流れ落ちていることに。そして、それを自覚してしまえば、留めることができずに。

どんどんとその雫が溢《あふ》れて止まらなくなってしまう。

私は、ヒナタの胸に飛び込んだ。濡れたTシャツはぐちゃぐちゃで、だからこそ私の涙が染みこんだところで、それが目立つことはなった。

少しだけヒナタの胸で泣いた後、私は上を向く。

私の主観では、ついこの間までそんなに身長は変わらなかったはずなのに、今はこうして見上げなければならなくなっている。

まさか、これが現実だとは到底思えない。……だけどもう。私は誤魔化《ごまか》しようがないことを、理解してしまった。

「夢じゃ、なかったんだね」

そう、夢じゃなかった。

私は多分、もっと前に、そのことに気付いていた。気付いたうえで、心地の良い夢だと思いこもうとしていた。

……そんなどうしようもない思いこみは、今ここで砕けた。

私の五感が、この世界を感じて告げる。

夏の暑さも。

海の冷たさも。
この身体《からだ》も、そして目の前にいるヒナタの体温も息遣いも。
全《すべ》てが、紛《まぎ》れもない現実なのだ、と。
今さらながらに、そして目も背《そむ》けられないほどに。

私は気付かされてしまったのだ。

11

世間は夏休み。とはいえ、平日の夕方の時間から田舎町《いなかまち》の電車が混雑しているわけもなく。

俺《おれ》たちは客の少ない車内で、隣り合って座っていた。

濡《ぬ》れた服はビニール袋にしまい込んでおり、今着ているのは海の近くにあった道の駅で購入した、謎《なぞ》のセンスを発揮しているTシャツと短パンだ。

帰りのバスと電車の中で、俺たちは何も話せずにいた。隣に座る葉月《はづき》は、呆然《ぼうぜん》と窓から見える景色に視線を向けている。その表情は憂《うれ》いを帯びていた。

そして、窓の外の景色から視線を外さずに、ただ無言を貫いていた。

俺はその横顔を見つめながら、先程葉月の口から放たれた言葉を思い出す。

『夢じゃ、なかったんだね』

俺はこれまで、葉月がこの異常な状況のわりに元気でいると思っていた。それは、自らの置かれた状況を、夢の中の出来事だと勘違いしていたからだった。

だが、考えてみれば不思議ではない。

いきなり見知らぬ町に、誰《だれ》も知らない町に一人飛ばされてみれば、未来の世界になっていた。

俺でも、信じられない。嘘《うそ》や冗談、それこそ夢だと思ってしまう。でも、時が経《た》つにつれ、その思いは薄れていく。

地続きの夢のようなものを見続けていれば、いつしか思い当たるだろう。

この非現実的な、タイムスリップという現象が、現実のものであるという事に。

……日が経つ毎に、沈んだ表情を見せるようになっていた葉月。きっと彼女は、胸の片隅に引っかかる違和感に、気付いていた。夢では説明できないあれこれに。気付いていても、どうすることもできないから、見て見ぬふりをし続けたのだろう。

それでも、先程の海で葉月は、確信してしまったのだろう。

夢ではないのだと、この異常な出来事が、現実なのだと。

ならば――。

ならば、今葉月は何を思うのだろう。

不審だろうか。不安だろうか。恐怖、悲しみもあるのだろう。まさか、いくら同年代のなかでは肝《きも》がすわっているとはいえ、いまさら好奇心を見出すことは無いだろう。

きっと彼女は、元の世界に帰りたいと思っている。

ズキリ、と痛みを感じ、眉《まゆ》を顰《ひそ》める。

その鈍い痛みに、俺の胸は締め付けられ続けるのだった。

§

一度部屋に戻って荷物を置くと、葉月は「しばらく一人で考えさせて欲しい」と言って、再び部屋から出て行こうとしていた。

俺は葉月の『一人になりたい』という意見を尊重した。だけど、葉月のことは部屋に留めて、俺がいつもより早くバイト先へと向かうことにした。

今頃《いまごろ》、葉月は俺の部屋で一人物思いに耽《ふけ》っているのだろう。

そしてバイト中の俺はというと、普段よりもずっと上の空で、普段ならば到底することが考えられないような失敗を続けた。

「今日は疲れているみたいだな。早めに帰んな」

見かねた店長が、俺に向かってそう言う。

まだ九時だ。店を閉めるには早いし、お客さんだって当然残っている。

しかし、ここにこれ以上いても、今の俺では迷惑をかけることしかできないだろう。俺はそれが分かっていたため、一言だけ、

「すみません」

と謝り、身支度《みじたく》を整えてから、店を出て行くことにした。

「今日、調子悪そうですね、どうしたんですか?」

声を掛けてくるのは、勿論《もちろん》喜野《よしの》だ。普段なら一言二言くらいなら余裕を持って交わすのだが、今は構っていられる精神状態ではない。

「仕事、あるだろ」

俺の愛想《あいそ》のない返答にも、喜野は気分を害した様子はなかった。

「葉月さんと喧嘩《けんか》、ですかね。だめじゃないですか、あの年ごろの女の子は、ナイーブなんですから。色々と配慮してあげなきゃ」

しょうがないな、というように、肩を竦《すく》める喜野。

言う通り、配慮をしなければいけないのだろう。でも、それこそしょうがないじゃないか、とも思う。

葉月の抱える事情は、特殊すぎる。

俺は無言のまま手を振って喜野から離れようとする。

「先輩、色々と大変だと思います。だから、しんどくなったらいつでも言ってください。デリカシーゼロの先輩の相談にだって、ちゃんと乗ってあげますし。何だったらタイムスリップして全《すべ》てが幸せだったあの日にだって連れ戻してあげちゃいますよ!」

力こぶを作ろうとしたのか、腕を掲げてばっちこいとしたが、少し不思議な発言をした貧弱女子の腕に力こぶは出来なかった。

喜野が親切心で声を掛けてくれたのは、分かっている。それでも、俺は思わずにはいられない。

お前になにができるんだよ、と。

苛立《いらだ》ちを覚えたものの、それを彼女にぶつけることは、流石《さすが》にしなかった。

「助かる」

上《うわ》っ面《つら》だけの礼を呟《つぶや》いてから、俺は帰り道を歩いた。

§

アパートの自室の扉。

この扉を開けるのに勇気が必要だったことは、これまでに一度もない。

俺は深く息を吸ってから、肺一杯に溜《た》まった空気を一気に吐き出した。

そして、覚悟を決めて扉を開けて、「ただいま」と口にした。

靴を脱いでから部屋に上がっても、ここしばらくは聞こえた「お帰りなさい」の声は聞こえなかった。

もしかして、葉月がどこかに、行ってしまったのではないか⁉　という思いが俺の頭を瞬間的によぎった。

しかし、それは無いと、次の瞬間には分かった。

扉一枚隔てた先の部屋から、声が聞こえるのだ。

――息を押し殺して啜《すす》り泣《な》く、葉月の声が。

俺はリビングにつながる扉の前まで歩き、ドアノブに手をかける。

しかし、そこを開くことができないでいる。俺はただ、その啜り泣く声を耳にしながら、立ち尽くすだけだ。

俺に出来ることなんて、何もない。

……俺は自らの無力に打ちひしがれていた。

私は、未来に来ている。

そして、元の時代に戻る方法は分からない。

もしも、ヒナタがその方法を知っていたなら、海であんな辛《つら》そうな表情をしていなかったはずだし、最初から帰る方法を言って、私を安心させてくれていたはずだ。

でも、どうやって帰れるかは分からなくても、私はその方法を探さなければならない。……

だって、約束をしたから。

私はいつも身に付けている、十歳の誕生日にヒナタからプレゼントされたクローバーの髪飾りを、そっと一撫《な》でしてから思い出す。

ヒナタが私に告白してくれた日。

絶対一緒に花火を見ようって、約束をしたことを。

§

「お願いがあるの」

私は、沈んだ表情で朝ごはんのシリアルフレークを食べているヒナタに言う。お互いに会話はちゃんとする。

私たちはそう決めたわけではなかったけど、出来るだけこれまでと同じように、普通に生活《せいかつ》をしようとしていた。

「ん、何だ？」

視線を私に向けて、一旦《いったん》手を止めるヒナタ。

「一度、お家《うち》に帰りたいの」

本当は、私がこの世界に来て、真っ先に行くべき場所だったのだろう。

そうすれば、もっと早くに現状を正しく把握できていたはずだから。

だけど、私は大人のヒナタの傍《そば》にいられることが嬉《うれ》しくて、それこそ夢見心地で、これまで帰ろうと思わなかった。……心の隅に引っかかる違和感から、目を逸《そ》らし続けながら。

だけど、私が現実を生きていると確信した今。これ以上現実から逃げ続けることはできない。

だから私は、ヒナタに『お家に帰りたい』と、お願いをした。

「ごめん……帰る方法は、俺《おれ》にもわからないんだ」

「あ、そうじゃなくってね、この世界の私の家に、行ってみたいってことなんだ。紛《まぎ》らわしい言い方で、ごめんね」

「ああ、そういうことか」

この世界の私が過ごした家を見れば、もしかしたら、万が一の可能性かもしれないけれど、何か分かるかもしれない。……藁《わら》にも縋《すが》る思いとは、このことだろう。

ヒナタはそんな私の顔を見てから、神妙に頷《うなず》いた。

「行っても、無駄足になるかもしれないぞ」

ヒナタは言う。

つまりは、私が望むような答えが得られないだろうと、ヒナタは考えているのだ。遠まわしでもないその言葉に、私は息が詰まる。

でも、それでも。

「何か行動を起こしたいの」

ヒナタの目をまっすぐに見る。

例え無駄なことだったとしても、ほんのわずかでも前に進みたい。だから、私はこの時代の私のお家に帰りたいと思った。

何でもいいから、帰る手掛かりが欲しい。そして、それがあるとするならば。きっとこの世界の私が、長い時間を過ごしたであろう場所だと思う。

これは、予感でもなんでもない。ただの希望。ううん、悪あがきというのが、一番しっくりきそうだ。

必死な表情の私を見て、ヒナタは深く溜息《ためいき》を一つ吐《つ》いた。

「わかった。でも、俺も一緒に行かせてもらうからな」

渋々、といった様子だったけれど、ヒナタは私が地元に行くことを反対しなかった。それどころか、一緒に行ってくれるという。とっても、心強い。

「……覚悟は、していてくれ」

ヒナタは、時折見せる辛そうな表情を今もしていた。どうして、そんな表情をするのか。理由は分からないままだ。

「うん……覚悟は、しておくから」

§

「ヒナタは今も、地元の友達と会ったりしているの？」

電車に揺られながら、私は隣に座るヒナタに問いかける。彼は渋い表情を見せてから、

「いや、今は、誰《だれ》とも連絡を取っていないな」

と、襟足《えりあし》を指先で引っ張りながら、気まずそうに言った。

「意外、だなぁ……」

私の呟《つぶや》きに、ヒナタはそっと目を逸らした。

私の知っている、中学生までのヒナタは。

話が面白《おもしろ》くて、そこそこ運動も勉強も出来て、その上、中々の男前だったからか、クラスの人気者だった。

そのヒナタが、今は誰とも連絡を取っていないという事が、私にはちょっと信じられない。

今も皆と連絡を取って、定期的に集まっているんだとばかり思っていたから。

でも、確かにこれまでの生活で――私も未来のことを知ることを意識的に避けていたとはいえ――中学生時代の友達について何も話を聞いたことがなかったから、違和感を抱いていた。

だからといって、今この場でそのことを追及するわけでもないんだけど。


電車で移動すること一時間。

そこそこ時間はかかったものの、乗り換えなしでずっと座っているだけだったから、疲れたりはしなかった。

到着した駅のホームに降り立って、私は周囲を見渡しつつ言った。

「なんだか、凄《すご》く……変な感じ」

私は、駅から出たところでうーんと伸びをして体をほぐしつつ言う。

記憶の中にある光景と、目の前の光景には、それなりの違いがあった。

駅前にあった学習塾はファーストフード店になってるし、雨ざらしだった駐輪場は屋根付きに改装されているし、コンビニがあったところには地方銀行の支店が出来てる。

七年間という短くない月日を経ているのだから、この光景の差異というのは何ら不思議ではないんだろう。

見慣れない街並み、だけど確かに見覚えのある場所。ここは、私が生まれ育った町に、間違いないのだろう。

なんだか、タイムスリップでもしてきたみたい……って、本当にタイムスリップをしてたんでした！　てへっ！　と無理矢理にテンションを上げようとするも、虚《むな》しいだけでした。

「バスも出てるけど、乗ってくか？」

「ううん、歩いていこう」

スマホでバスの時刻表をチェックしていたヒナタの提案を、私は断った。

せっかく未来の地元に来られたんだから、その町並みを見てみたい。ここから家までの徒歩三十分程度なんて、苦にならない。……というのは建前《たてまえ》で。

本当は、怖いんだ。

だから、ほんのちょっとでも心の準備ができるように、時間を稼げる徒歩が良かった。理由は、それだけだ。

ヒナタはポケットにスマホをしまいこんでから微《かす》かに頷き、

「それじゃ、向かうとしますか」

と言って、歩き始めた。


家までの道程。ゆっくりと流れる景色を見ていると、とても不思議な感覚が胸に訪れる。

それも当然だと思う。

私の主観では、つい数日前までにあった様々な物が、今は全《まった》く別の物に変わっているのだから。

それは、ヒナタの部屋でお世話になって、地元と離れて生活をした私が、初めて強く未来に来たことを実感させるには十分な光景だった。

友達とおしゃべりをしていた喫茶店《きっさてん》は、ガソリンスタンドに変わっていた。

仲の良かった友達の数人の家が、他《ほか》の建物や、記憶とは違った民家に変わっていたことに、特にショックを受ける。

改めて、七年という時間は私が思っていたよりもずっと大きなものなのだと意識した。

それでも、私の目の前に慣れ親しんだ道が現れた時には、興奮を隠せなかった。

心臓の鼓動が早くなる。

それに伴い、私の歩幅も大きくなっていく。

ありえないことだとは思う。

だけど、もしかしたらこのまま、この道を進んでいったら。元いた時代に帰れるかもしれない、と。

都合の良いことを思った。

だって、何事もなく朝家を出た後、私は何が何だかわからないままに、気が付いたら未来に来ていたのだ。

それならば、何が何だかわからないままに元の世界に戻ることだって、十分に考えられるんじゃないかと思う。

さらに、歩くスピードは速くなる。

「おい、どうした⁉」

ヒナタの必死な声が、私の耳に届いた。でも、振り返ることはしなかった。

このままお家に帰ったら、お母さんが笑って出迎えてくれる。それで、私はこれまでのことが夢だったと気付く。

七年後の未来にいって、ヒナタと会った夢の話をお母さんにすると、優しく笑いながら聞いてくれる。途中から妹にも話を聞かせると、楽しそうに笑ってくれる。仕事から帰ってきたお父さんには「またヒナタ君か……」なんて、呆れられちゃうかもしれない。

そうだ、この道をまっすぐに行って、そして、次の角を右に曲がったら、すぐに私たちの家が。幼馴染《おさななじみ》のヒナタと私が、ずっと一緒に育った家が。隣同士でそこにはある！

私はとうとう駆けだした。早く、この目で見たい、確かめたい。

「葉月《はづき》！　そっちには、何も……っ！」

私は、普段からそうするように、道を右に曲がった。


そして、目にした。


「……え？」

私の目の前には、全く見覚えのない公園があった。

私とヒナタの家と、そのまたお隣さんのお家があった場所には、ちょっとした球技が行えそうなくらいの広さの公園が出来ていた。私には目の前の光景が理解できなくて、わけが分からなくなっていた。

……これは夢じゃない。そんなの、とっくに気付いていた。だから、さっきまでの私の想像は、ただの現実逃避で間違いなかった。

だけど……私は目の前に現れた状況に、戸惑いを隠せないでいる。

私は、この目で現実を見ている、のに。

なんで？

「どうしたんだよ、急に走り出して」

少しだけ乱れた息を整えたヒナタが、私に向かって言う。


そこには、私の十四年間住んできた家も。

その隣にあるはずの、ヒナタが二十一年間慣れ親しんだであろう家も。

ありはしなかった。

「なんで……」

私が呟くと、心配したように私を覗《のぞ》き込むヒナタ。

「なんで、ってなにが？」

「なんで、平気なの？」

私はヒナタの目を見つめる。彼も私の目を見つめていた。不自然に泳ぐことなく、それでも私のことを心配したような声で言ったのだ。

「悪い。……葉月の言いたいことが、よくわからない」

嘘《うそ》をついているわけではないのが、分かる。

私は自分の心に余裕が無くなっていくのが分かった。……分かったからといって、気持ちの整理がつくわけでもない。

私は、何が何だかわからないままに、普段なら絶対に言わないような大声で、叫んだ。

「なんでっ！　私たちの家がなくなってるのに‼　……そんな、そんな平気な顔ができるの⁉」

こんな風に声を荒らげたことなんて、これまでの人生で一度もなかった。でも、そのことを後悔する暇はなかった。

ヒナタは、私の腕を力強く摑《つか》んでから、

「しっかりしてくれ。俺が過ごした家も。葉月が過ごした家も。……ここには最初からなかっただろう⁉」

「え……？」

意味を持たない呻《うめ》き声が、勝手に口から零《こぼ》れた。ヒナタが何を言っているのか、私には理解ができなかった。

「だから、俺たちの家は！　ここにはないんだって！」

その言葉の意味を理解するのを、頭が自然と拒んでいた。

そうしていると、尋常じゃない寒気に襲われて、私の全身は震えはじめた。

力が入らずに、腰が抜ける。私はその場に座り込んでしまった。

13

駐車場と庭付きの一軒家。この田舎町《いなかまち》では珍しくもなんともない平均的な二階建てが、俺《おれ》の実家だった。

深緑色の玄関マットをひっくり返してから、そこに隠されていた合鍵《あいかぎ》を拾う。俺はそれを使って鍵《かぎ》を開けて、家の中に入った。

両親は共働きで、平日のこの時間には会社で仕事をしている。

「どうぞ、入ってくれ」

俺が家に招き入れると、真《ま》っ青《さお》な顔をした葉月《はづき》が頷《うなず》いて、ふらふらとした足取りで後に続いた。

そのままリビングに案内する最中、彼女の様子を見ながら考えた。

葉月が混乱すること、多少の覚悟はしていたつもりだ。

彼女がいなくなってから一年と半年後。俺たちが中学を卒業したその時を契機に、娘がいなくなったという辛《つら》い思い出があるこの町から、葉月の家族は引っ越した。そして、引っ越し先の住所を、俺は知らなかった。

だから、この町に来て。自らの帰る家が、待つ家族がいなくなったことに気付いたとき、葉月はショックを受けるだろうと予想し、そして現実にそうなった。

だが、腑《ふ》に落ちないのは、そもそも自らの家と全《まった》く関係のない公園を見て、葉月が取り乱したという事だ。

理由を聞いても、明確な答えは得られない。そうなると、俺がいくら考えても分からなかった。

リビングへと案内し、ソファに葉月を座らせてから、俺はキッチンへと向かう。そして冷蔵庫の中を確認した。そこには麦茶があったので、それを適当なマグカップに注《そそ》いでから葉月へと差し出した。

ありがと、と小さく呟《つぶや》いて、葉月はマグカップを受け取った。そして急に、はっとしたような表情を浮かべた。

それが気になり、問いかけた。

「なにか、あったのか？」

手の内にあるマグカップに視線を落としつつ、首を横に振る葉月は答える。

「ううん、大したことじゃないの。……私ね、このお家のこと知らないの。……でも、このマグカップはいつも使ってたな、って思って」

……それは、そうだろう。

今の葉月は、俺と付き合ってまだ一日も経過していなかったはずだ。だから、もちろん家に連れてきたことなんて、ない。

でも、いつも使っていた、とはどういうことだろう？　葉月の家にも、同じマグカップがあったのだろうか、と俺は疑問に思ったが、その思考は彼女の言葉に遮《さえぎ》られることになった。

「ねぇ、私に話があるんだよね？」

弱々しいが、どこか覚悟を決めたような葉月の表情を見て、俺も覚悟を決めて話を始める。

「ああ。これまで言えなかったけど、すごく大事な話だ」

ちょっと待っててくれ、と一言告げてから、二階にある自室へと向かう。

本棚の一番右端に差し込まれたそれを手に取ってから、再び葉月の前へと戻った。

「それは？」

俺の持ってきたものを見て、葉月が尋ねる。

「卒業アルバム。中学校のな」

なんでそんなものを、とでも言いたげな表情の葉月。

口で説明するよりも見てもらった方が早いと思い、俺は卒業アルバムを開いた。

「三年二組。これが、俺がいたクラスだ」

「……私の知っているヒナタよりも、ちょっとだけ大人っぽいかも」

葉月が俺の写真を指さしながら、言った。

俺は葉月に、そのアルバムを渡す。不思議そうに首を傾《かし》げたが、受け取った葉月は何気なくページを捲《めく》っていった。

最初の内は呆然《ぼうぜん》と見ているだけだった葉月だったが、彼女の表情が徐々に驚きへと変わっていった。きっと、気付いたのだろう。

自分の写真が、二年の一学期までの学校行事分しかなく、クラス別のページのどこにも写っていないことに。

そして、信じられないと言った様子で、葉月が口を開いた。

「なんで……私の知らない人が、こんなに……」

「……知らない、人?」

俺は、思いもしなかった葉月の言葉に戸惑う。

ページを捲《めく》ったり戻したりさせながら、クラス別の集合写真を見ていく葉月。

俺は、彼女が何をそんなに混乱しているのか、分からなかった。俺たちの中学校に在校していた生徒の九割は地元の小学校から繰り上がりで入学する。残り一割の生徒は逆に目立つため、一年の一学期の内には全員の名前と顔が一致するようになる。

なのになぜ、見覚えがない生徒がたくさんいると言ったのだろう?

「やっぱり。どこのクラスにも、見覚えのない人がいる」

葉月が言うには、各クラスに五名前後、一学年合計で二十七名の生徒に、見覚えがないという事だった。

その見覚えがない生徒の中には、葉月ととても仲が良かった女子も、含まれていた。単純に忘れた、覚えていない、なんてことは考えられない。

また、話を聞いていると、見覚えのない二十七人がアルバムに追加されただけでなく、代わりに自分の記憶にある三十人程度の生徒が、アルバムには載っていないのだと言った。

ほとんど一クラス分の生徒が、入れ替わっているという事だった。

「それに、私もいない……」

落ち込んだ様子で葉月は言う。やはり、そこにも気づいたようだ。

「ああ、葉月は２００９年の７月。俺たちの前からいなくなって、そして今日まで現れなかった。だから……」

「今ここにいる私も、七年前に戻れないだろう、ってこと……？」

葉月は俺の言葉を継いで、暗い表情で呟《つぶや》いた。

俺は、静かに頷いた。

葉月の表情に、暗い影が落ちる。

「……何が何だか分からないよ。私は、未来に来ていたんじゃないの？　なんでこの世界の私はいなくなっていて、私の知っている子もいなくなって。代わりに、私の知らない子がこんなにいるの？」

ショックを受けている葉月のことは、勿論《もちろん》心配なのだが、それでも、俺は彼女の言葉が引っかかるのだ。

葉月は、過去の世界から未来に来た。それに、間違いはないはずだ。なのになぜ、こうも彼女のいた世界と、今いるこの世界に齟齬《そご》が生じているんだ？

俺がそのことについて考えていると、暗い声音《こわね》で葉月が語り始めた。

「……そうだった、私が見たこの町は、確かに知っている場所だった。でも、至るところに違和感を抱いていたんだ。ゆうちゃんの家はよくわからない事務所になっていたし、あいちゃんの家は妙に年季の入ったコンビニになってた。たった七年でそんな風に変わることなんて、ありえないいんじゃないかな？」

葉月の言葉の中に出た友人の名に、俺は全く聞き覚えがなかった。

「この家だって、私の知っている場所じゃない。私の家の跡だと言われた場所も、何の関係もない場所だった。あそこにあったのは、近くの土建屋さんの倉庫だったはずだし。……だから、何だっていうんだろ？　私には何も……分からないよ」

両手で顔を覆《おお》って、絶望したように言葉を漏《も》らす葉月に、俺は声を掛けられないでいる。

「ねぇ、改めて聞いたことなかったよね」

顔を上げた葉月が、暗い目で俺を見つめた。俺は、言葉にはせずに、顎《あご》を引いて言葉の続きを待った。

「……ヒナタは、私の幼馴染《おさななじみ》で、ずっと家族みたいに一緒に育っていたよね？」

俺は、その言葉に目を見開いた。

葉月の言葉に、全く覚えがないからだ。

「俺と葉月が、幼馴染……⁉」

違う、そんなわけない。俺と葉月が出会ったのは、十年前。小学校五年生の始業式。転校してきた彼女に、一目惚《ぼ》れをしたあの瞬間を――初めて恋を知ったあの日を忘れるなんて、ありえない。

訳が分からず、肯定も否定《ひてい》もできないまま。俺は意味の分からない英文をただ復唱するのと同じように、彼女の言葉を繰り返していた。

「……この髪留めはね、私の十歳の誕生日の時に、ヒナタがくれたものだよ。初めてくれたプレゼントだから、ずっと、ずっと大切にしようって。それで、今も使ってるんだよ」

クローバーの葉を模した可愛《かわい》らしい髪留めを指さす葉月。記憶の中の葉月が、その髪留めを付けていたことなんてなかった。

俺はその髪留めを贈った覚えなんてなかった。……第一、十歳の時だって？　俺たちは知り合ってすらいないじゃないか！

でも、何も答えられない。何も、口にできない。

俺の喉元《のどもと》から出たがっている言葉を言ってしまえば、何かが決定的に崩壊してしまいそうで。

俺は何かを口にすることが、憚《はばか》られていたのだ。

「そっか、わからないんだ……」

だが、葉月は口を開いた。

両手を膝《ひざ》の上に乗せる。握った拳《こぶし》には、力が込められているのが分かる。

涙で潤《うる》んだ瞳《ひとみ》、その目尻《めじり》から溜《た》まりきった涙が一筋溢《あふ》れて、頬《ほお》を伝った。そして葉月は俺を見つめた。

揺れるその眼差《まなざ》しに、俺は途方もない不安に駆られた。

「私は、八上葉月《やがみはづき》、十四歳。あなたは日向陽太《ひむかいひなた》、二十一歳……なんだよね」

俺は無言で首肯した。それ以上のことは、できなかった。

「私の知っている世界と、微妙にずれたこの世界にいるあなたは、私の知っているヒナタとは、きっと違う人なんだね……」

葉月の言葉から、どんどん熱が失われていくのが分かった。だから、俺は願った。

その先を、口にしないでくれ、と。

だけど、その願いは目の前の少女には、届かなかった。

「あなたは……誰《だれ》、なの？」

やめてくれ、そんな怯《おび》えた目で俺を見ないでくれ。

14

葉月《はづき》は、混乱している。だけど、俺《おれ》も同じか、それ以上に混乱していた。状況が全《まった》く整理できないでいる。

じっとりと肌にまとわりつくような、重い空気が流れる。沈黙が、場を支配していた。

何を言うべきか分からない。

そんな俺の耳に、突然大きな音が届いた。

「話は聞かせてもらいましたっ！」

バタン！　と扉が開かれる音が響いたのだ。

そして現れたのは……喜野《よしの》だった。

「合点《がてん》がいきました、そういう事情だったんですね。私なら、きっとお二人のお力になってあげられますよ」

俺は口を間抜けのようにポカンと開きながらその言葉を聞いている。先程までの俺たちの間に流れていた重い空気は無くなっていた。

今はただ、目の前に現れた女子大生の姿をした犯罪者に対して、畏怖《いふ》を込めた視線を送ることしかできない。

横目で見れば、葉月は眉《まゆ》を顰《ひそ》めつつも、やはり間の抜けた表情で喜野を見ている。

「あれ、先輩？　どこに電話をしようとしてるんですか？」

「警察だが？」

俺は正気に戻って、スマホを操作し、１１０番に電話する。

「ちょっと！　なんでそうなるんですか？　常識的に考えられないんですけど！」

俺のスマホをひったくった不法侵入者が何事かわめいている。

「考えられないのはお前だし、常識を問われる筋合いも全くない。なんでここにいる？　なんでここを知っている⁉」

「先輩が、今日バイト休むって電話したじゃないですかぁ？　だから、私。すっごく先輩のこと心配したんですからねっ！」

批難めいた視線を送る喜野。俺は無言のまま、言葉の続きを待つ。

「店長も奥さんも、心配してたみたいで。二人は私に、バイトは休んでいいから、先輩の様子を見に行っておいで、って言ってくれたんです。それで、先輩のアパートへ行ったら、丁度お二人が部屋を出るところだったんで、私はその後をついていきていたんですよ」

ストーカーだ、と葉月は呟《つぶや》いた。俺は静かに頷《うなず》く。

「ストーカーじゃないですからっ！　変なこと言わないでください！」

怒ったように、可愛《かわい》らしく頬《ほお》を膨らませる喜野。でも、可愛くない普通に怖い。

「それで、二人の後を追いかけていたら、何だかおかしな雰囲気になって。そして、このお家に入っていって。あ、鍵《かぎ》かけてなかったですよ、危ないじゃないですか先輩！　ちゃんと、私がかけておきましたからね！」

可愛らしく首を傾《かし》げながら、こちらを澄んだ目で見つめてくる喜野。

「怖っ！　なんならお前が危ないし！　めっちゃ怖いからな、何だよそれ！」

俺は目の前の変質者の存在に怯《おび》えていた。その無駄に澄んだ瞳《ひとみ》が怖くて仕方がなかった。

「怖くないですっ、先輩想いの健気《けなげ》な後輩ですよ！」

ふてぶてしく健気アピールする喜野。俺は痛むこめかみを抑える。このストーカー、ずっと俺たちの行動を見ていたのかよマジで洒落《しゃれ》にならねぇよ……ん、ていうことは？

「さっきの話、どういうことだよ」

「私の健気さの話ですか？」

「違う。力になれるとかいう話だ」

あ、そっちですか。喜野はそう呟いてから、

「きっと、お力になれますよ。お二人の抱える問題なら」

穏やかに笑う喜野。俺は今さらながらも、喜野に対して怒りを覚えていた。

「……からかってんのか？」

静かな口調で、しかし確かな怒りを湛《たた》えて、俺は喜野に問いかける。これが冗談だとしたら、笑えない、どころか悪趣味すぎる。ほんとに、警察にでも突き出してやろうか。

「からかってなんか、ないですよ。むしろ私は、自分と同じ問題を抱える人に会えて、これでもちょっと、親近感みたいなのが湧《わ》いてるんです」

見当違いのことを言っているのだ、こいつは。俺の苛立《いらだ》ちは更に増していった。

「ふざけてんじゃねぇよ。そもそも、葉月がどんな問題を抱えているのか、お前はちゃんと認識出来てんのかよ⁉」

俺の言葉を正面から受け止めた喜野は、まっすぐに見つめ返し、そして――

「タイムスリップ、してるんですよね」

その声は、酷《ひど》く落ち着いていて、とてもこちらを馬鹿《ばか》にしているようには感じられなかった。

「……それ、お前は信じられるのか？　信じられるわけないだろ？」

そんなわけないだろう。ここで信じられる、なんて言うやつがいたら、それこそ信用ならない。

「信じるも何も。言ったじゃないですか。同じ境遇だって。つまりは、私もそのタイムスリップを経験しているわけですよ」

「……はぁ？」

「それって、喜野さんも過去の世界から、未来に来たって、ことですか?」

葉月が問いかける。すると、彼女は首を横に振った。

「私の場合は、逆です。未来の世界から、この過去の世界に来たんです」

真顔で言う喜野。自分たちのことを棚上げするようで申し訳ないが、こいつ頭大丈夫か?

「そもそも、お前の記憶は……混乱したまま、元には戻っていないんだろう? 病院の検査だって、簡単に誤魔化《ごまか》せるわけないだろうし」

「いやぁ、私は正直に全部言ったんですけどね。まぁ、普通に考えたら、ありえないじゃないですか。『未来から来ました』なんて真面目《まじめ》に言ってたら、頭がおかしいと思われてしかたないですよ。でも、私の場合は検査結果は正常だったんです。つまり、その正常さこそが異常だったんですよー」

困ったような表情を浮かべて、喜野は続けて言う。

「つまりですね。私は〈自分のことを未来から来たと思い込んでいる〉とお医者さんからは思われちゃったんです。記憶が混乱しているのは、『精神的なダメージによって』とか『耐え難い現実に直面し、記憶の混乱を起こすことで自分を守ったんだろう』なんて、真面目な顔で見当違いのことを言われちゃいまして。最終的には、ストレス性の記憶障害と診断されました。その事情をいちいち説明しても意味がないので、記憶障害ということで普段は通してたんですよ」

『未来から来ました』なんて真顔で言われたら、確かに記憶がおかしくなった可哀想《かわいそう》な子だと思うんだろうな、と俺は少し納得してしまう。

「じゃあ、お前は本当に。時間を飛び越えてきた、っていうのか？」

俺の縋《すが》るような問い掛けに、

「ええ、そうですよ」

さらりと答える喜野。普通だったら、信じられない。だけど、実際に俺は時間を飛び越えた人間の存在を知っている。

この数日、共に過ごした葉月は、紛《まぎ》れもないタイムトラベラーなのだから。

ならば、葉月以外にタイムトラベルを経験した人間がいても、不思議ではないかもしれない。まだ完全に信用出来たわけじゃないが、それでも、少しはこいつの話を聞いてもいいかもしれない、と思い始めていた。

「……っていうことは。それこそが喜野の吐いていた嘘、なのか？」

俺は、以前喜野が酔った勢いで言葉にしていたことを思い出して、そう質問した。

記憶障害だと俺を欺いているのだ、と。あの時の喜野はそう言おうとしていたのだろうか？

俺の質問に彼女は、曖昧に笑うだけで明確な答えを返してはくれなかった。

今は、そのことを話している場合ではない、と考えているのか。はたまた、俺が見当違いのことを言っているのか。

彼女の表情から、読み取ることはできなかった。だが、彼女の吐いていた嘘が何かを追及している時ではない。

俺もそう思い、質問を変えた。

「……ちなみに、どう力になってくれるんだ？」

俺が尋ねると、今度は得意げな表情になって応《こた》える。

「この時代よりも、随分と〈時間〉について研究が進んでいる未来から来ているので、私はこの世界の人が知らないようなことを知っているんです」

「それって、どういうことですか？」

未《いま》だに疑惑の視線を向けたままの葉月が、喜野に問いかける。

「そうですねぇ。まぁ、いろいろと言葉を尽くして説明しても、そもそも理解できないでしょうが……」

と、前置きをしてから、

「まず一つ、この世界は葉月さんがいた世界の未来の姿ではありません」

と、喜野はさらりと告げた。

「どういうことだ？」

「説明させてもらいますねぇ」

俺はその言葉に無言で頷く。そして、続く言葉を待った。

「時間というのは、過去から現在、そして未来へと流れる一本筋ではないのです……いえ、一つの世界に限ってはそうなんですが。肝心なのは、過去と現在と未来の世界が、同時に、無限に並行して存在するという事です。例えばゲームで、プレイヤーの行動によってルートが分岐するものがあるじゃないですか。あんな感じで、同時に存在するいくつもの過去と未来と現在の世界が分岐を繰り返して存在しているんです」

「つまり私は、元々いた世界から約七年後の世界に来ているわけではなくって、ゲームで言うところの〈別ルート〉の世界から、設定が微妙に違うこっちの世界に迷い込んでいて、だから、元いた世界と今いる世界で様々な違いが生じている。……っていう事なんですか？」

「そういうことですよ」

ウィンクをして答える喜野。

似たような環境だったとしても、全く同じ世界ではない。俺と葉月の間で上井海岸の認識が異なっていたことや、先程気にかけたマグカップ以外のことでも、数多くの差異が二つの世界にはあるのだろう。

「なるほどな。でも、そんなもん。未来から来てなかったとしても、そこら辺のSF小説やそれこそゲームにありそうな話だ。肝心の、この世界の人が知らないことってのは、どんなもんなんだよ？」

「とりあえず、そう心配しないでください。この世界の人が知らないようなことというのは、世界間移動の……分かりやすく言えば、タイムトラベルの方法です」

「タイムトラベルの方法って……本当ですか⁉」

葉月は、その言葉に食いつく、しかし、俺は疑念を深めた。

「もしも、元の世界に帰る方法を知っていたとして。なんで喜野は、この世界、この時代に留まっているんだ？　普通、元の世界に戻ろうとするだろう？」

俺の言葉に、葉月がハッとする。

「さすが私の先輩、鋭い指摘ですねぇ」

からかうように言う喜野。

「とりあえず、お前が元の世界に戻らない理由を聞かせてくれよ」

「別に、大した理由じゃないですよ。……ていうか、私には帰りたい理由がないんです。家族に会いたいとか、恋人に会いたいとか。未来は楽しいところで、なんとしても帰りたい、なんて、そういったモチベーションが何一つないんです。……むしろ、私はこの時代に来られて、ラッキーだと思ったくらいなんですから」

だから、私は帰れなかったんです。

と、寂《さび》しそうに喜野は笑った。

その表情は、いつも見せるおどけたものでは無かったから、それ以上の追及ができなかった。

だが、『帰れなかった』という言葉の不穏さに、葉月は表情を陰らせていた。

「さて、納得できるような理由だったかはわかりかねますが。私が帰れなかったのは、そういう事情があったからです。……そんな不安そうな顔をしないでください、葉月さん。きっとあなたは、ちゃんと元の世界に帰れますよ」

俯《うつむ》いた葉月に向かって、優しく語り掛ける喜野。

「喜野さんが帰れなかったのに、どうして私が帰ることが出来るって、断言できるんですか？」

「簡単です。あなたの帰りを待っている人がいて、あなたがその人ともう一度会いたい、と強く願っているからです」

喜野の言葉は、とても暖かで力強いのに。

どこか、自嘲《じちょう》が含まれているように聞こえたのは、気のせいではないのだろう。

そんな彼女に、俺は何か言葉をかけるべきかと、考えていると。

「それなら、どうして……」

葉月の、重たい口調の声が耳に届いた。

その声に振り返り、彼女の暗い表情を見ると、すぐに思い至った。

葉月はこれまでの会話で、既に気付いている。

この世界に元々いた『八上葉月』が、今も戻ってきていないことに。

だから、『どうして』と口にしたのだ。

消えてしまった彼女も、今俺の目の前にいる葉月と同様に、帰りを待っている人がいた。彼女自身、もう一度この世界にいる大切な人達と会いたい、と。強く願っていたはずだ。

それなのに。

……彼女は未だ、この世界に戻らないままだ。

この場にいる誰に聞いても、答えが出ないことくらい、葉月にも分かっているはずだ。

だから、彼女の発した言葉は、誰に対する問い掛けというわけでもないのだろう。

それを察した喜野はただ、困ったような表情で黙っていた。慰めを言うべきか、誰にも分からないと素直に告げるべきか、悩んでいるようにも見えた。

俺も、葉月と同じ気持ちだった。「どうして」という言葉を無理やり呑みこんだ。そうすると、何も言えなくなった。

しばらくの間をおいてから、葉月は顔を上げた。

そして、喜野へと真っ直ぐに視線を向ける。話の続きを聞くために、気持ちの整理をしたのだろう。

喜野は、その視線を受け止めて、頷いてから口を開いた。

「さて、元の世界に戻る方法を説明する前に。まずは、どうして葉月さんがこの世界に来てしまったのか。その解説からしていきましょうか」

「葉月がなんでタイムスリップしたのか。喜野には分かるのか？」

俺が問いかけると、喜野は「もちろんです！」と胸を張った。先ほどの調子から一転して、楽しそうに語り始める。

「単刀直入に言いますと、葉月さんがこの世界に飛ばされたのは、〈時震〉と呼ばれる災害の被害を受けたからです。……ちなみに、私も同じように、〈時震〉によって、この世界に飛ばされてしまいました」

細くしなやかな人差し指をピン、と伸ばして答えた喜野に、

「……地震？　舐《な》めてんのか？」

と俺は苛立ちを隠さずに答える。

「ああ、先輩は今、地面が揺れる〈地震〉を想像してますね！　紛らわしいかもですが、そうじゃなくてですね。私の言っているのは、時間が揺れる〈時震〉なんですよ！」

時間が揺れる……つまりは、〈時震〉ってことか？

「はぁ、その〈時震〉ってのは、一体何だってんだ？」

「今から説明しますから、そんなに急《せ》かさないでくださいよ～、全くぅ。先輩の早漏っぷりには、流石《さすが》の私も失望を隠せないですぅ」

不躾《ぶしつけ》な下ネタをぶち込んだ喜野を思いっきり睨《にら》みつけるものの、気にした様子は無い。それどころか、気まずそうに俯く葉月が視界に入り、そっちの方が気になって仕方がない。

「さて、それでは〈時震〉の説明ですが、難しいことを言っても分からないと思います。だから、ちょっとだけ解釈を変えて、この時代でも通じるようにお伝えします」

何故《なぜ》かはわからないが、俺に向かって敬礼をしてから、喜野は言葉を続けた。

「あんまり詳しいことを言っても、ちんぷんかんぷんだとは思いますが。世界も時間も、〈人間によって観測される〉までは〈この世界に存在しない〉のです。つまり、私たちは普段から意識的にも無意識的にも、この時代、この世界を認識して生活《せいかつ》しています。そして、当たり前のことですが。普通は二つの世界を同時に認識することはできません。なぜなら、私たちが生活しているのは、あくまでこの世界一つだけなのですから」

そりゃ、そうだろう。自分の現実以外に世界があるのを、認識することなんてできるわけがない。

「逆説的に、違う世界を認識したら。その人はこの世界にはいられなくなってしまうんです。二つの世界に、一人の人間が同時に存在することはできないので、自分が認識している世界だけが、その人の現実になるのです。つまり、〈時震〉という災害はですね。被災した人に対して、超自然的な力で自らが認識する時代や世界以外を〈強制的に観測させてしまう〉ものなんです」

つまり、〈時震〉とかいう外的要因によって、自分の見ている世界が変えられたら、自分がいる世界すらも変わる、ということか？　言葉の上では理解できるけど、結局それがどういうことなのかは分からないままだ。

「私は、その〈時震〉によって数多くあるルートの一つであるこの世界を見てしまったから、ここに来てしまった、っていう事なんですか？」

葉月が問いかける。俺にはあまり理解できなかったことなのだが、実際に体験した葉月は、なんとなくでも分かっているのかもしれない。

「そういう事ですよ」

やっぱり、経験者は実体験がある分、話が通じやすいですね、と寂しそうに喜野は言った。

「って、ことは。私がこの世界に来る前に見た変な光景が、その〈時震〉だったのかな？」

「空間の歪《ゆが》み、みたいなもののことを言っているのなら、間違いないでしょうね」

葉月の呟きに、喜野が答える。

どうやら、俺にも以前説明していた変な光景とやらが、この厄介《やっかい》な状況の原因に違いないようだった。

「さて。〈時震〉は、言葉の通り時間の歪《ゆがみ》、揺れが生じる災害です。本来ならば認識することがなかった世界を、被災者に無理やりに〈観測〉させ、認識させるもの。そのメカニズムを解明することが出来たなら、タイムマシンだって作れちゃうのでしょうが……残念ながら、未来の世界でも、そこまでの科学力はありませんでした」

「お、おいっ！　元の世界に戻る方法があるんじゃないのか？　タイムマシンがないのに、一体どうやって……」

「確かに、〈時震〉のメカニズムを解明することは出来ませんでしたが。私のいた未来の世界では、被災した場合の対処法は確立されていました。それは、小学生ですら知っているようなポピュラーな方法なんです」

落ち着いた様子の喜野。俺は彼女の続く言葉に耳を傾ける。

「簡単な話なんです。もう一度、〈時震〉に巻き込まれたら良いんですよ」

あっけらかんという喜野に、俺はひどく間抜けな面を晒《さら》していたことだろう。

「あ、あのなぁ。その〈時震〉ってのが頻繁《ひんぱん》にぽんぽこ発生しているならまだしも……て、いうかもし発生していたのだとしても、元の世界に戻れる保証なんて、全くないわけだろ？」

俺は怒りを通り越して、呆《あき》れを抱いていた。

もしかしたら、こんな風に語ってくれているのは、俺や葉月を元気づけようとしてくれている喜野なりの励ましなのでは、とすら思えてきた。

だがしかし、当の喜野は至って真面目な表情で続ける。

「先輩の言葉の通りです。実は、〈時震〉というのはあちこちで割と頻繁に発生しているんです。私がいた未来の世界では、千人に一人は〈時震〉に被災している、ってデータがあるくらいですよ」

「千人に一人、って。多いのか少ないのかわからねぇ」

「でも、思ってたよりは多いかも」

俺の呟きに応えた葉月に、喜野は、満足そうに頷いた。

「そんな時震の発生条件、とまでは言えないものの。時震が起こりやすいシチュエーションの特徴というものがあるんです」

「シチュエーション？　完全に、ランダムなんじゃねぇのか？」

「確かに、いつでもどこでも時震は起こり得ます。そういった意味では、ランダムかもしれませんが。統計的に、何故だか偏りが出てしまうんです」

「偏り、ですか？」

喜野の言葉に、葉月が次の言葉を求める。

「ええ。具体的には、沢山の人が何かを祈ったり、強い思いを願ったりしている場所や状況では、何故だか〈時震〉って発生しやすくなっちゃうんですよ」

「……そんなもんが、関係してんのかよ？」

俺はいまいち信じ切れずに、喜野に向かって問いかけた。

うーん、と悩ましい声で呻《うめ》いてから、唇に人差し指を当てて首を傾げた喜野が言った。

「統計的には、そういうデータが残されているんで、本当は全く別の要因なのかもしれませんが。例えば、参拝者がたくさん訪れる三が日の社寺は〈時震〉の発生率が抜群に高いんですよ。強い思いや願いっていうのは、きっと時間を超えるんでしょうね」

喜野は真《ま》っ直《す》ぐに、俺を見つめた。

俺はその視線を受け止め、思わず背筋が伸びた。

……きっと、俺の考え過ぎだろう。

俺が、もう一度葉月に会いたいと、この七年間心の奥底で願い続けていたから……今日の前に葉月が現れてしまったのだと。

そんなパラドクスを突きつけられたような気がした。もちろん、それが無関係だったとしても。結果として葉月が目の前に現れて浮かれてしまったという事に。

罪悪感を覚えてしまっていた。

「例えば、流れ星に恋愛成就を願ったとして。例えば、神様に幸運を祈ったとして。それらが叶《かな》えられた、っていう話は聞いたことありますが、願った瞬間に、祈った瞬間に叶えられた、なんて話は、ほとんど聞きません。そういう願いや祈りっていうのは、時差があるって相場が決まっています。そういう、人の気持ちが……手っ取り早く言うと、欲望が生み出したエネルギーこそが〈時震〉の正体なのです！」

「それが、未来の世界で解明した、〈時震〉の正体、なんですか？」

「いえ、すみません。これはただの持論です」

と、喜野はにへらと笑って言った。

俺は、彼女の言葉を反芻《はんすう》する。

説得力なんて、皆無に等しかったが。

それでも、俺には彼女の持論はあまりにも深く心に突き刺さった。

「それと、もう一つ。〈時震〉には、被災しやすい人の特徴があるんです」

「被災しやすい人の特徴、ですか？」

不安そうな表情で、葉月は喜野へと尋ねる。

「はい。それはですね。一度でも、〈時震〉に被災した人は二回以上巻き込まれやすくなるんです。一度経験したことによって、他《ほか》の世界を観《み》ることに慣れたから、なんて俗説はありますが。詳しい原因は、不明のままです」

「それは……どこまで信じていい情報なんだ？」

「どこまで、と聞かれたら。全部。というほかありませんね。と、言いますか。何も分からない先輩と葉月さんは、真偽不明でも私の言葉に縋るしか、道はないと思うのですが」

喜野の言葉には、鋭利な刃物のような冷たさがあった。

「そう、ですね。藁《わら》にもすがる思いで、私はここまで来たんだから。それで、こうして喜野さんと出会えたのは偶然ではない、とも思うんです」

そりゃ、喜野は俺たちをストーキングしていたわけだから偶然のわけがないだろう。質の悪い必然だ。と、言葉にしそうだったが、また口やかましく騒がれたら面倒だと思い、黙秘した。

「そう言っていただけると、私も嬉《うれ》しいです。……さて、それでは肝心の、元の世界に戻る方法を説明しましょうか」

「そういえば、その説明をまだ聞いていなかったな。頼む」

俺の言葉に、喜野は嬉しそうに微笑《ほほえ》みを浮かべた。

「はい、頼まれました！　順序立てて説明をさせていただきますが、まずは〈時震〉を見つけることです。見つけたら、その空間の歪みに触れてください。すると、観測する世界がずれ始めます。恐らく、一度目の〈時震〉で慣れているので、今回は気分がすぐれずに蹲《うずくま》る、なんてことにはならないでしょう。そして、ここからが一番重要です」

　語気を強める喜野。

「〈時震〉の影響を受けている時に、強く帰りたい世界を心に思い描いてください。〈時震〉が見せる世界は、曖昧《あいまい》で不確実なものです。被災者の感覚を歪《ゆが》ませ、それを増幅し、現実を書き換え、そうしてようやく、認識する世界を入れ替えるのです。……ですから、歪んだ感覚の中で、自らが本来観測すべき世界を強く心の中で思い描くことが出来れば、必然的にその世界へと戻ることが出来る、という寸法です。実際に、私が元いた世界では、この方法で帰還を果たした人間が数多くいます」

　喜野は口を閉じる。もう、説明は終わりですよ。彼女の表情は、そう物語っていた。

「……どういう理屈で、原理でそうなっているのか全く分からないし、そもそもの話も、よく分からなかったんだけど」

　俺は、げんなりとした口調で、喜野に言った。

「つまり、私がもう一度〈時震〉に遭って、その時に元の世界に帰りたいって、強く願ったら……帰れる、ってことですよね？」

しかし、葉月の言葉は俺とは違い、喜野の説明を確認するものだった。

「その通りです。その認識で間違っていないですし、それ以上分かろうとしても、そもそもこの世界ではいまだ解明されていない原理が〈時震〉には関係してくるので、無理な話です」

喜野は冷静に言う。

俺は、やはり彼女の言葉のすべてを理解できないし、信じることもできない。

だけど、そんなこととは別に。

俺は決定的なことを、突きつけられたことに気付く。

「それじゃ、葉月さん。もう、良いですか？」

喜野が葉月に向かって曖昧な問いを突きつける。

しかし、その言葉の真意を俺は分かってしまっていた。

「……え、と」

困惑した様子の葉月。問い掛けの意味が分からない、というよりも。何を問われたか理解した上で躊躇《ためら》っている、ように見えた。

そして、俺自身も。喜野の言葉に、何一つ返せないでいる。

喜野は、無言のままの葉月から目を逸《そ》らさない。しかし、知っている。彼女が俺に対しても同じように問いかけていることを。

「帰りたいと思っているのなら。少しでも早く帰るべきです。〈時震〉がいつ発生するかはわかりませんが、タイムスリップが成功するか否《いな》かは葉月さんの記憶と想《おも》い次第です。その記憶や想いが薄れていくと、それだけで成功率の減少になります」

「時間が経《た》つほど、元の世界に帰りにくくなる、ってことか」

「そういうことです。だから、今すぐにでも〈時震〉が発生する可能性の高い場所を調べて、しらみつぶしに向かっていった方が良いです」

なんてこった。俺は、口には出さずに毒づいた。

今日までは、元の時間への帰り方が分からずに悩んでいたのに。

今……帰れると分かったこの時。

あろうことか、考えてはいけないことが頭をよぎった。

突然に突きつけられた別れという現実を、拒絶したいという考え。

だって、そうだろう？　このまま別れてそれっきり、なんて。

何も解決していない。何も変わっていない。

この苦しさを、この痛みを、この悲しみを。

向き合うことも逃げることも乗り越えることもしないまま、はいお終《しま》いだなんて。それで良いわけがない。

俺は自分の胸元《むなもと》を強く握りしめてから、葉月を見た。

彼女も、丁度こちらを見ていた。

瞳が、揺れている。葉月は、帰りたいはずだ。

そして……俺も。葉月は元いた世界の元いた時代に帰らなければいけないと、理性では分かっていた。

ぎゅ、っと瞼《まぶた》を閉じる。目を見られると、葉月に心中を見透かされてしまうのではないか。

そんな風に思ったからだ。

そして、首を大きく横に振ってから、瞼を開いてもう一度葉月に視線を向けた。

視線がぶつかる。俺は、気後《きおく》れするものの、それでもしっかりと言葉にする。

「今まで、ありがとう。葉月……元の世界に帰るんだ」

できるだけ穏やかな声で、そして自らの気持ちを押し殺して、俺は言った。

葉月は、泣きそうに唇を引き攣《つ》らせて、目元を潤《うる》ませて。しかし、涙を零《こぼ》すことは無かった。

「うん、分かった。……こちらこそ、ありがとう」

頷いた葉月は、今度は立ち上がって喜野の目の前に向かった。

視線を交錯させた二人。

帰る方法が見つかったはずなのに、葉月の表情は未だ暗いままだ。

対する喜野は、優しげな瞳で見据え、そして言葉を告げた。

「もう一度聞きます。……もう、良いですか？」

葉月は、その言葉を聞いて喉《のど》を鳴らすものの、一言も答えない。
逡巡《しゅんじゅん》していた。
悩んでいた。
苦悩していた。
彼女が何に苦心し、言葉を詰まらせているのか。
俺には、それがなんとなくわかった。

なぜなら。
きっと俺たちは、同じような感情を抱いているからだ。
例え俺たちが二人とも、厳密には違う相手を好きなのだとしても。
そのせいで、複雑な感情を抱いていたのだとしても。
もう良いか、なんて聞かれたら、もう良い、なんて答えることはできない。
このままの関係で別れることになれば。今度こそ二度と会うことが出来なくなる。
……そんなの、嫌に決まっている。絶対に、嫌だ。
葉月は静かに、目を閉じた。

彼女はきっと、これまでの十四年間を共に過ごした日向陽太《ひむかいひなた》ではなく、今この場にいる俺のことを考えてくれている。

静かに瞑想《めいそう》する葉月を見て、俺は焦燥感にかられる。

喉の奥から、感情が言葉となってあふれ出てこようとしている。

堰《せき》を切って、止めどなく感情が俺の心に流れ込んでくる。

それは、俺がこの七年間、見て見ぬふりをして、心の奥底に丁寧に押しやって、乱暴に蓋《ふた》をしていた、一番大切で……一番目を逸らしたかった感情だ。


だけど。

だからこそ。

考える。

目を閉じ、唇をきつく嚙《か》みしめる葉月を見て。

俺の心が悲鳴をあげた。


……そして、溢《あふ》れ出る想いと、俺は真正面から対峙《たいじ》する。

抱きしめたい。

離したくない。

キスだってしたい。

一緒に生きて、歳《とし》をとっていきたい。

もう離れるのは嫌だ。……葉月と会えなくなるのなんて、嫌なんだ。

例え俺の知る葉月でなくても、今目の前にいる葉月は、もう俺にとってもかけがえのない存在になっている。

七年前、俺の前から姿を消した葉月と同じくらいに、俺は目の前にいる彼女のことを想っている。

それが、七年前に恋人になった葉月に対する裏切りなのだとしても、今目の前にいる一人の少女を想う気持ちを否定《ひてい》することなんて、できるはずがなかった。


——だけど、俺の隣にいてくれ、なんて。

ずっと寄り添ってくれ、なんて。

葉月の帰りを待つ人の気持ちを踏みにじって、俺の傍《そば》にいつまでもいてくれ、なんて。

そんな残酷なことは言えない。絶対に言えるわけがない。

……俺だけは、それを言ってはいけないんだ。

ではどうするんだ？　俺は、どうしたいんだ？

漠然とした答えは胸の内に燻《くすぶ》っていた。だけど、この感情をうまく伝えることが出来る程器用でもなかった。

……それでも。

自分の胸の内に湧き上がるこの気持ちを留めることが出来なくなり、これ以上目を逸らすことすらできなくなった。

みっともなくて利己的な感情だとしても、自らの気持ちを伝えたい、と。他の誰《だれ》でもない葉月に知ってもらいたい、と。

後先なんて考えないままに、俺はその心の弱さを吐露する。

「俺の前からいなくなった葉月と、今俺の目の前にいる葉月は、違うんだよな」

俺の言葉に、目を開いてから葉月が頷いた。

「私が好きになったヒナタと、私をこの世界で支えてくれたヒナタも、違うんだよね」

俺は、その言葉に頷いた。葉月はただ少しだけ、寂しそうに瞳を細めた。

「好きだったんだ、俺は。初めて会ったあの日、一目見て恋をしてから今日までずっと。いろんな話をした。いろんな感情を見た。……いろんな表情に、魅せられた。本当に、大好きだったんだ」

葉月は、俺を見上げる。そして、決して目を逸らそうとしない。

「なんで俺の目の前からいなくなったんだ、なんで俺は葉月のいない世界でも、生きていかないといけないんだ。俺にとっての葉月は、あまりにも大きすぎて。いなくなってから胸の真ん中に、埋めがたい孔《あな》が空いていた。俺の中の時間はあの時からずっと長い間、止まっていたんだ」

辛《つら》そうな葉月の表情。俺は、そんな表情を葉月にさせたかったわけじゃない。しかし、俺の気持ちを。どうしても伝えたかった。伝えないといけないと、俺は思ってしまった。

俺は、言葉を続けた。

「……でも、葉月が俺の前に現れてくれて。変わったんだよ。止まっていた俺の時間が、また進み始めていた。いつかまた、俺の目の前からいなくなるかもしれない、もしかしたら、このままずっと一緒にいられるかもしれない。いろんな考えと感情が、俺の中を駆け巡って、その度に。締め付けられるように、胸は痛かった」

今もそうだ。俺の心は、痛くて、苦しい。そうだ、この痛みの正体がなんなのか。俺は、十年以上前から知っていたことを、今になって思い出した。

「それが、嫌じゃなかった。空白しかなかった俺の胸に、熱が戻ったんだ。もう俺の胸に、孔は空いていない。閉じられた心の中に、好きっていう気持ちが溢れそうなくらい詰まってる」

この胸の痛みが、苦しさが。

恋なんだ。

どうしようもなく人を好きになってしまったという、証しなんだ。

「つまり、だ。俺が言いたいのは、つまんないことなんだ。例えば、葉月が転校生じゃなくて、幼馴染《おさななじみ》だったとしても。高校の部活で出会っていたとしても。大学に進学してから、バイト先で知り合ったとしても。俺が葉月の後輩になっていても、歳が一回り違っても。外国に住んでいて、普通に生活していたら絶対に会えなかったのだとしても」

目の前が霞《かす》む。なんでだろうか。

「俺は、どんな世界でも葉月と出会って恋をして。好きって気持ちを伝えるんだ」

ああそうか。俺は今、泣いているのか。

「好きだ、葉月。……好きって気持ちが不安を覚えるだけでなく、焦燥にかられるだけでなく、こんなにも幸せにさせてくれるものだって。思い出させてくれて、ありがとう」

涙が頬を伝い、そして落ちた。

床を濡《ぬ》らしたその雫《しずく》は、俺の足元以外にも落ちていた。

気付けば、葉月も泣いていた。

俺は、自分の涙を指先で拭《ぬぐ》う。

出来る限りの笑顔を作ってから、葉月に近づいて、その涙を拭ってやる。

「泣いた顔だって、文句なしに可愛いけどさ。やっぱり葉月は、笑った顔が一番似合ってる」

照れたようにはにかんだ笑顔を浮かべた後、葉月は言う。

「さっきは、変なことを聞いてごめんね」

「変なこと、って？」

「あなたは、誰？　って」

俺は笑った。

「仕方ないさ。訳分かんなくなっちまっただろうし」

俺の言葉に、葉月は首を振った。

「例え、訳が分かんなくてもさ。関係なかったんだよ」

「どういうこと？」

葉月は、すぅと、深呼吸をした。

「あなたは、私の知らないヒナタ。でも、私の知っているヒナタと同じように、私のことを好きになってくれる、大事な恋人。例え、彼と君の過去が違っても、進む未来は一緒。……それだけ分かっていたら、後は何も関係ないよね」

額を俺の胸に押し付ける葉月。肩を抱いて、引き寄せる。それは、あの海の日の焼き直しのような構図だったかもしれない。

「君は、ヒナタ。どこの時代の、どこの世界にいても。私を想ってくれる、私が想っている。大切な人なんだよね」

ああ、葉月はきっと。

彼女がいなくなった世界に取り残される俺を想って。

最後に一言、何かを言い残そうとしてくれてるんだ。

「――私を好きになってくれて、ありがとう」

最後に、そう葉月は一言だけ呟いた。

☆

「えと……いい感じになっているところ恐縮ですが。一言よろしいですか？」

目尻《めじり》に涙を溜《た》めながら互いに見つめ合った俺たちに向かって、喜野が話しかけてきた。

……やべ、喜野がいたことをすっかり忘れていた。俺は少しだけ照れ臭《くさ》くなって、それでも葉月の肩を抱いたまま、

「ああ、すまん。どうした？」

と応える。

喜野は俺の言葉に、呆れたように肩を竦《すく》めてから言った。

「止めなかった、どころか。率先して吹っ掛けちゃった私も悪いんだとは思うのですが。……このままじゃ、葉月さんは元の世界に戻れないと思いますよ」

「……え？」

俺と葉月は、同時に間の抜けた声を口から漏《も》らした。

え、どういうことだ？　葉月は元の世界に帰れるって話だったろう？　なのになぜ、今このタイミングで帰れないなんて言うんだ？

しばらくの間、彼女の言葉の意味を理解することができなかったのだが、ふと、ある考えに思い至った。

「まさか、喜野。やっぱり全部、でたらめだったっていうのか⁉」

「違いますよっ！　もう、先輩は私の事、もっと信じてくれてもいいと思うんですけどー？」

いじけたように頬を膨らませる喜野。

「いやいや、それなら、説明してくれよ。なんで、葉月は元の世界に帰れない、なんて言ったんだ？」

「そんなの簡単です。ていうか、さっきちゃんと私は説明しましたよ」

疑われて心外だ、と言わんばかりに目尻を吊《つ》り上《あ》げる喜野。

「本心から、元の世界に戻りたいと思えば、戻れるって」

喜野は言うが、それは彼女の言う通り、先程聞いたことだった。

「いやいやいや。何を言ってるんだよ、それじゃ葉月がまるで、元の世界に戻りたくないみたいじゃないか」

「そこまでは私も言っていないですよーだ」

いじけたままの喜野が、葉月を見る。

すると葉月は、びくりと肩を大きく震わせてから、「あっ」と短く声を上げた。

「な、どうしたんだよ葉月⁉　喜野の言葉の意味が分かるのか？」

「分かるんじゃないですかねー」

白けたように間延びする、喜野の言葉。

俺は、ただただ焦燥感を覚える。一体、何が原因なのだろうか。

葉月は、俺のことを気まずそうにちらちらと窺《うかが》っていた。何か心当たりがあるのだろう。

「なぁ、葉月。気付いたことがあるのなら教えてくれ！」

俺の言葉に、照れたような、呆れたような、そして気を遣うような表情を見せてから、

「うん、あのさ。ヒナタは、私のことがすごく……好きだよね？」

「お、おう。……大好きだ」

改めて問われると気恥ずかしい。その上、近くにはやはり喜野もいる。とんだ羞恥《しゅうち》プレイだが、照れて答えを誤魔化すようなことはしない。

「それは、すごく嬉しい。本当に、嬉しいの。私だって、ヒナタのこと大好きだから」

「え？　う、うん。その……俺も嬉しいぞ。ありがとう」

なんだ、この感じ？　空気がふわふわしていて、さっきまでの危機感が薄れていってるみた

いだった。

しかし、これまでの葉月の言葉から、俺は答えをなにも予測できないでいた。その上、葉月もそれ以上言うことなく、顔を真っ赤《まっか》にして黙り込んでしまったのだ。

「……甘ーいやりとりは、私としてはもうお腹いっぱいなのですがー」

いつもより一段声を低くした喜野が、俺たちの会話に割って入ってきた。

「悪い、喜野。俺にはもう何が何だか分からねぇ。説明してくれ」

俺が頭を下げて喜野に頼むと、ばつが悪そうにため息を吐《つ》いた
「私から言うのも、なんだかなぁって感じなんですよね。でもま、先輩は言わなきゃわからないんですよねー」

遠い目をした喜野。葉月へと視線を向ける、
それに気づいた葉月は、真っ赤な表情のまま、喜野に強く頷いた。

「はぁ、何ですかこの役回りは……」

溜め息《いき》を吐いた後、

「葉月さんが元の世界に戻れないのには、二つの要因が有ります。まず一つ目。自分のことが大好きすぎる先輩の前から自分が消えた後はどうなるか。それが、心配で心残りになっているわけです」

おおう、俺は自らの額に手を当て、天井《てんじょう》を仰《あお》ぎ見た。

確かに、土壇場であんな告白をしてしまえば、誰でも「こいつ大丈夫か？」と思うに違いない。自分の気持ちを打ち明けたことに、悔いはない。でもそれはあくまでも自己満足にすぎず、葉月から見たら迷惑以外の何物でもなかったのかもしれなかった。

「……一つは分かった。じゃあ、もう一つの方は、何だっていうんだ？」

渋面を作った喜野が首を横に振った。

「……やっぱり、私の口からはとてもじゃないが言えません。こういうのは、ちゃんと自分で言ってくださいよ、葉月さん」

「ええ⁉」

話を振られた本人は、戸惑いを隠せずにいた。しかし、俺の視線に気づくと、やがて覚悟を決めたように口を開いた。

「今一緒にいるヒナタのことも。幼馴染のヒナタとおんなじくらい好きになったから。だから、元の世界に、本心から帰りたいと思うのと同時に、この世界のヒナタとも離れたくないって、強く思っちゃった……の！」

顔を真っ赤に染めながらも、一生懸命に話してくれる葉月。その姿がとても可愛くって、俺はただ一言答えていた。

「……ありがとう」

「ありがとうじゃないですよ、何顔を赤くしてるんですかこのロリコン！　このままじゃ葉月さん、元の世界に戻れないじゃないですか、どうするつもりですか⁉」

がば、っと目を見開き、俺の肩を摑《つか》んで揺さぶる喜野。

確かに、それは駄目だ。俺は、ずっと葉月が傍にいてくれたら良いとは思うものの、それでも、葉月には帰る場所が、帰らないといけない世界があると、分別している。

一体どうしようか？　俺は、そればかりを考える。

胸が、ちりちりと焼けつくように痛む。

その痛みが、俺に大事な約束を思い出させていた。

「なぁ、葉月」

俺の呼びかけに、葉月が何？　と応じた。

「明後日《あさって》の夜。一緒に、花火を見に行こう」

俺の言葉に、喜野は「何デートの約束してるんですかそんな場合じゃないんですよ分かってるんですか本当にロリコンなんですか⁉」と喚《わめ》き散らしていたが、葉月は相反して静かだった。

その様子に気付いた喜野も、何事か、と不思議そうに葉月を見た。

葉月は俺の瞳をまっすぐに見つめてから、

「そっか。……こっちでも、同じ約束をしてくれていたんだね」

と、小さく呟いた。

俺は無言で頷く。すると、葉月は俯き、その表情にふっと暗い影が差した。

今、彼女の頭の中では、いくつもの感情が混じりあっていることだろう。

気付いたはずだ、俺の伝えたいことに。

俺も、葉月も、言葉にはしない。

ただ、この約束が果たされたその時こそが、今この場にいる俺たちの、決定的な別れの時なのだと。

彼女は理解してくれたはずだ。

葉月は顔をあげてから、自らの両掌で両頬をパンと叩《たた》いた。そして、俺の目をもう一度まっすぐに見つめた。

「うん。……一緒に、見に行こう。絶対に」

そう言う葉月の表情は、七年前のあの日。同じように約束したあの日の彼女と同じくらい魅力的に、そしてあの時よりもずっと儚《はかな》げに、笑っていた。


俺と葉月が付き合ってから交わした、最初で最後の約束。

きっとあの約束を果たすことが出来たら。

俺たちはそこで、終わることができるだろう。


……俺はそこから。やっと始めることが、出来るのだろう。

15

私は今、喜野《よしの》さんのお部屋にいる。

なぜ、そうなったのかというと。「今の先輩と葉月《はづき》さんを同じ部屋で寝泊まりさせたら、どんな間違いが起こるかわかりません」とのことだからだ。

ヒナタと一緒に三人揃《そろ》って電車でこちらの町に帰ってきた後、私は喜野さんに連れられて、ここまで来たのだった。

いやいやたしかに、そういう雰囲気になりかねないかも、とは思うけど……。なんだかんだで私もヒナタもヘタレだから、大丈夫だとは思うんだよね！　でも正直自信は無かったので、喜野さんの言葉に従ったのでした。

「そんなに広い部屋ではないですが、くつろいでくださ～い」

部屋にお邪魔した私に、喜野さんは冷蔵庫から取り出したばかりの発泡酒の缶をプシュッと開けながら、言った。

「帰宅して数秒でお酒ですか⁉」

私は驚きつつも、ついつい言葉にしてしまう。喜野さんは、さらにキッチンの冷蔵庫からスルメを取り出して、それを口にする。

「お気になさらず！　今夜はパジャマパーティですよ、アゲアゲでいきましょー」

うぇーい！　と一人で缶の発泡酒を掲げる喜野さん。

「あ、葉月さんも飲んでみます？」

「私は……遠慮します」

「そうですか、残念。それなら、何か甘いものと、お茶でも用意しましょうか」

「いえ、そんな気を使ってもらわなくっても」

と、私が言うと、喜野さんは「お客様が遠慮しないでくださいよ～」と朗《ほが》らかに笑った。……ヒナタとおんなじこと言ってるなぁ、と私は内心笑っていた。

喜野さん、凄《すご》く良い人だなぁ、と私は思う。胸は大きいし、可愛《かわい》い系の美人で、優しくて気さくで、その上胸が大きいし！

女の子の部屋なのに飾り気が全然なくて女子力低いとか、帰宅そうそう発泡酒開けてスルメを齧《かじ》って、女子としては二流だ、なんて分析しててごめんなさい。

私は、喜野さんの背中に向かって頭を下げる。

「おまたせです～」

弾《はず》んだ声で、湯のみと小皿を手に、リビングに戻ってきた喜野さん。

小皿のうえに盛られていたのは、黒茶色っぽい、飴《あめ》玉サイズの固形物。一見してチョコレートにも見えたけど、それにしては不格好なもので、決してチョコレートではない。

そして、「ありがとうございます」とお礼を言って受け取った熱いお茶に口を付けると、

「昆布茶《こぶちゃ》だ、これ」

私は思わず声に出していた。普通のお茶だと思って飲んだ昆布茶の破壊力たるや、筆舌に尽くしがたいものがありますね。

「そうなんです、最近はまってて。あと、こっちの黒糖も美味《おい》しいですよ。健康にもいいみたいですよー」

女子力というか、おばあちゃん力が高すぎる超巨乳美女ＪＤだった。昆布茶にはまる女子大生、中々いないでしょ。

「それじゃ、改めまして！　かんぱーい」

はしゃぎながら、私の湯飲みに自らの缶をぶつける喜野さん。その笑顔は美人巨乳女子大生の肩書（？）にふさわしく、華やかだった。私は、気後《きおく》れしながらも、小さく「かんぱーい」と呟《つぶや》いて、応《こた》えた。

「その、私ここに泊めてもらって、本当によかったんですか？」

今さらながら、改めて確認する私。

「全然オッケーですよぉ」

ぱち、っと色っぽくウィンクする喜野さん。同性の私でも、ドキッとするような仕草《しぐさ》だ。

「先輩と一緒にいると、落ちちゅいて自分の気持ち、整理できないでしょうし。似たような境遇の私だったら、しょうだんも遠慮なくできるんじゃないですか？」

　さっそく、酔いが回ってきたのか呂律《ろれつ》がところどころ怪しくなっている。そんな喜野さんは、頬《ほお》を朱《あか》く染めてしなだれかかりながら私に問いかけるのだった。

「ありがとうございます。でも、きっと大丈夫です」

「しょうですか。それなら、大丈夫なんれしょうね」

　空になった空き缶を持って、キッチンへと向かい、今度はウィスキーのボトルと、製氷器で作った氷が入っているグラスを持って戻ってきた。

「夜は長いことですし、女子会トークも盛りあげましょー！」

　グラスにウィスキーを注《そそ》ぎながら、喜野さんは言った。そして注がれた琥珀《こはく》色の液体を、舐《な》めるようにして味わっていく。

　機嫌よくしている喜野さんに、私は遠慮せずに聞いてみる。女は度胸とよく言うし。……あれ、違ったかな？

「喜野さん、良くしてもらって、ありがとうございます。でも、なんで私にこんなに良くしてくれるんですか？」

「困っている人がいたら助けるのが当たり前じゃないでしゅかぁ」

　赤ら顔で微笑《ほほえ》む喜野さん。やはり可愛い。

「でも、それにしたって。今回はシチュエーションが特殊じゃないですか」

「特殊だからこそ、ですよ。……ま、一番納得しやすい理由っていうのであれば、それは自分のためっていうのが正確ですかね」

私を助けるのが、自分のため？　その言葉の意味が、私にはわからなかった。

「私の手助けをすることが、喜野さんにとって、どんなメリットがあるんですか？」

「……その話をするには、まだまだお酒が足りませんね」

悪戯《いたずら》っぽく笑った喜野さんは、そうしてまた、アルコールを呷《あお》っていた。


「流石《さすが》に、飲み過ぎじゃないですか？」

ウィスキーをロックで飲むこと、六杯。七杯目を注いでいるところで、私は喜野さんに言う。お酒の事はよく分からないけれど、ヒナタが酔っ払った時は確か、３５０ミリリットル缶の発泡酒二本しか飲んでいなかったと聞いていた。

ウィスキーの方がアルコール度数は高いはず。いくら一杯当たりの量が少なくても、ビールを飲んでいる以上にアルコールを摂取しているのだろうから、心配になってくる。

「だいじょうぶれすよぉ」

全《まった》く呂律が回っていないし、大丈夫にも見えない。

「本当に、大丈夫ですか？」

私は呆《あき》れたように。再度問いかける。

「……飲まなきゃやってられんのですよ」

と遠い目をしながら呟いた後、注がれたウィスキーをちびちびと舐めるように飲んでいた。

私のお父さんもそんな風に晩酌《ばんしゃく》をしていたなぁ、と思い出す。

やばっ、……喜野さん女子力低すぎ……。これで胸が大きくなかったら、女子認定できなかったかもしれない。つまり巨乳ってすごい。

「飲まなきゃやってられないって……なにかあったんですか？」

すごい巨乳の人に、私はなんとなくそんな話を振ってみる。

すると、喜野さんは女子力低めの和柄の座布団《ざぶとん》に座り直してから、ほんの少しだけ表情に影を差して、おどけたように笑いながら、

「これは、私の身勝手なんれすけどね～」

と、困ったように言った。

身勝手、って。それは一体どういう事なんだろう？　私は首を傾げ、続く言葉を待つことに。

すると喜野さんは寂しそうな表情を浮かべて言った。

「勝手に、先輩と私はおんなじらと思っていたんれす」

おんなじ。ヒナタと、目の前の喜野さんが。……一体、それはどういうことなのだろうか。

「私の知らない先輩を、葉月さんはたくさん知っていると思います。らけど、私だって、葉月さんの知らない先輩を、たくさん知っているんれす」

……実際、そこのところどうなのだろうか。私は確かに、ヒナタの優しいところ、面白いところ、かっこいいところをたくさん知っているつもりだ。だけど、実際に今同じ時間を過ごすヒナタとはほんの少しの時間だけしか一緒にいない。

この世界のヒナタのことを長く見てきたのは、間違いなく。私ではなく喜野さんだ。

「私の知っている先輩は、どうしようもない人れす。何かに怯えていて、傷つかないように予防線を張って逃げる人」

「それが、ヒナタ。……それが、喜野さん？」

「はい、そっくりです」

私の言葉に、ゆっくりと頷く喜野さん。

私には、喜野さんの言葉が信じられなかった。

まだほんの少ししか話をしていないけど、それでも喜野さんが優しい人だと私は知っている。そうでなければ、様子のおかしいヒナタの後を着いていくなんて面倒くさいことをわざわざするはずがないし、私に救いの手を差し伸べてくれるのもおかしい。

……ヒナタが、そんな風だったというのは、うん。これまでの間に見てきたちょっと情けない姿から、なんとなくイメージすることができた。

でも、確かに情けない姿だったかもしれないけど。涙を流しながら私に自分の気持ちを伝えてくれた彼は……とても勇気ある人だとも、思う。

「そんな風には、見えなかったですか？」

「……あ、はい」

と私は小さく呟きつつ、首肯した。

……ヒナタのことばかり考えている場合ではなかった。

「……ホントの私は、そんな人間なんです。今は、こんな私にも良くしてくれる店長と奥さん。そして、先輩のおかげで、外面を取り繕うことが出来るようになっているだけの、どうしようもない嘘つきなんです。……私に良くしてくれる三人には、嫌な子だって思われたくないですから」

私は言葉に詰まる。喜野さんの言葉に、何と返すのが良いのかわからなかった。

「だから、葉月さんを助けたのは、自分のためなんです。どうしようもない人間だけど、誰かを助けることが出来たら、ちょっとは上等な人間になれる、って。そう思ったから。……ごめんなさい。やっぱり、これじゃ嫌な子ですね」

気付けば、彼女の口調ははっきりとしたものになっていた。

「……なのに、先輩は私とは違いました。本当は他人のことを……葉月さんのことを好きでいられる人なのに。ただ、その想いが深すぎて、傷つくことを怖がって。臆病になって。逃げ続けていただけだったんです。……誰のことも好きになれない私は、ただ、それだけのことが。ともすればみっともないだけのそれが。とても眩しく、かけがえのないようなことのように見えました。……だからこそ、飲まなくちゃやってられないです。見当外れも甚だしいのは重々理解していますが、それでも裏切られたような気持ちになったのは、確かなんですから」

喜野さんは、氷が溶けて薄くなったウィスキーを口に含んだ。

「ごめんなさい葉月さん。……会ったばかりの人に、こんな話をされても困りますよね。って、いうか。引きますよねー」

喜野さんが、おどけたように笑いながら言った。

私がこれまでの短い時間で見てきた表情と同じはずなのに。これまでよりもずっと寂しそうに笑っているように見えた。

なんだか私には、その弱さがとても愛おしいように思えた。彼女が否定したばかりであったけど、案外彼と似ているところがあるのかも、なんて。そう思ってしまった。

「自分の嫌なところをちゃんと受け止めて。それでも大切な誰かと一緒にいるために上手に振舞おうとするなんて。……優しい人なんですね、喜野さんは」

彼は自分の弱さを受け止めて、それでも私を見送ろうとしてくれた。不器用で情けない言葉だったけれど、確かにそうしてくれた。だからきっと、二人は似ている。

「弱いだけですよ」

心外だ、と言いたげな様子だった。それでも、私は続けて言う。

「弱い人だからこそ、他人に優しくできるんじゃないですか？」

　この世界にいるヒナタが、まさしくそうだったように。

「……私と先輩は、違います」

　グラスの中の、溶けて小さくなった氷を指先で弄りながら、自虐気味な表情を浮かべつつ言う喜野さん。

　きっと、出会ったばかりの私の言葉では、喜野さんの心を解すことはできない。だけど、そうじゃない人が身近にいる。

　だから私は、自信を持って伝える。

「心配しないでも、大丈夫ですよ」

「何が、大丈夫なんですか？」

「だって、喜野さんの近くには、ヒナタがいるんです。だから、きっと。何も心配することはないですよ」

　私の言葉に、呆然と目を見開いた喜野さん。

「……恋する乙女が盲目なのって、本当だったんですね。羨ましい限りです」

　やれやれ、といった感じで肩を竦めた喜野さん。私の言葉は、やはり全く届いていなかった。

　だけど、きっと。

　近い将来、私の言葉の意味を喜野さんが理解する。そういう予感が私にはあった。

「て、いうか葉月さん」

喜野さんの纏っていた暗い雰囲気が変わり、これまでも見ていたおどけた様子になっていた。

きっと、自分の話はここまで、という意思表示なのだろう。私はその器用さに、ちょびっとだけ苦笑した。そういうつもりなら、私も話を逸らされてあげよう。

喜野さんは上目遣いで、大きな胸を寄せながら、悪戯っぽい表情で私を見ている。吐息から漂うアルコールの匂《にお》いさえ色っぽく、ドキリとしてしまった。

そんなセクシャルアピールを、私にされましても……。

「こっちの世界と、元の世界の先輩。二人とも好きなんですよね？」

改めて聞かれると、照れてしまう。私は少しだけ逡巡《しゅんじゅん》してから、目を逸《そ》らしてから頷いた。そんな私に、喜野さんはもう一つ問いかける。

「それ、浮気《うわき》じゃないんですかねぇ？」

その問いかけに、私はうっ、と答えに詰まる。……気を取り直して、コホンと一つ咳払《せきばら》いをして、できる限り気持ちを落ち着けてから答える。

「どっちもヒナタですし？　どっちも本気だから？　全然セーフだと思いますけど？」

「何を中学生みたいなことを言っているんですか……」

呆れたように呟いた喜野さんに対する答えは一つだけだった。

「実際私は現役《げんえき》ＪＣですからっ」

その答えに、喜野さんはまたしても呆れたように溜め息を吐いてから、再びウィスキーが注がれたグラスを傾けたのでした。

16

喧《やかま》しいスマホのアラームに叩《たた》き起こされてから、俺《おれ》は見慣れた自らの部屋を見渡した。

六畳一間の部屋。部屋の中央にある出しっぱなしになっている炬燵《こたつ》と、二十一インチの液晶テレビ。そして、今俺が眠っているベッド以外は、特に目につくものはない。

……そう。今俺は、昨日まで彼女が使用していたベッドに、久方ぶりに眠っていた。

ちょっと悪いかな、とは思ったものの、わざわざ座布団《ざぶとん》の上で寝るのもどうかと思い、ベッドを使用した。そして、彼女の残り香が微《かす》かに鼻先を掠《かす》めることに驚いた。……なんだ俺は、変態か、と自分にも驚いた。

そのことを頭から振り払って、俺は深く息を吐《つ》いた。

「昨日は、やっちまったなぁ……」

うわぁぁぁ、と顔を枕《まくら》で覆《おお》いながら、俺はベッドの上でじたばたとする。

いやぁ、語ってしまった。自分の気持ちを、これ以上ないくらいに熱く。

次、葉月と会った時。どんな顔して会えば良いのか、分からない……。いや、マジで。

会いづらくなってしまった。葉月《はづき》はもちろん、喜野《よしの》とも。

まぁ、会わないわけには行かないだろう。……ていうか、どんなに恥ずかしかったとしてもなんだかんだで会いたいのですが、なにか。

今日はバイトに入る前、喜野の部屋によって葉月の顔を見てこよう。

そう思っていたのだが、メッセージアプリに新着のメッセが届いているのに気が付いた。喜野からだった。なんだろうか、そう思って内容を確認する。

『おはようございます、先輩はぁと』

メッセージにハートマークを付けるな勘違いをする、という事を以前言ったら、それ以降律儀に文末には『はぁと』を付けるようになった喜野だった。いや、そういう事じゃないんだよなぁ、と思うものの、突っ込むのも面倒だったのでそのまま放置しているのだった。

俺がメッセージを開くと、すぐに新しいメッセージが送られてきた。……やべぇよ、超怖えよまさかずっと俺が開くのを待っていたわけ？　既読が付いた瞬間メッセージを送ろうと待ち構えていたの？　ひぇぇ！

『葉月さん、今日は先輩と会いたくないそうですよはぁと。だから、今日は私と良いことしましょうはぁとはぁとはぁと。』

「ていうかまじでこの『はぁと』ってうっとうしいな」

俺が呟《つぶや》くと、さらにメッセージが届く。おかしいなぁ、俺未《いま》だに一つもメッセージ送り返してないのに、どうしてこんなに受信しちゃうのかなぁ？

『PS・寝起き姿の私です（キャー、恥ずかしー！』

「ううむ」

その後、間髪入れずに届いたのは、すっぴん風メイクをばっちり決めた、パジャマ姿の喜野の画像だった。

……本当は根暗のくせに、頑張って明るく装わなくてもいいのになぁと、割と酷いことを考えていると、喜野の背後に寝ぼけ眼《まなこ》を擦っている葉月がいることに気付いた。やっぱり俺の彼女は可愛《かわい》い。カットアンドペーストしてここだけ保存しとこ。

しかし、会いたくないというのは、なかなかどうして心に突き刺さる言葉である。

……多分、向こうも気まずいのだろう。俺たちお揃《そろ》いだ、やったね葉月！　と、訳の分からない理屈で自分を慰める。

だが、そんな風に慰めるまでもなく、俺は立ち直る。明日、俺は葉月と会って、約束を果たすのだ。七年間も待ちわび、待ち続けた約束を。だから、今更一日くらい待ってやれないことはない。

……というのは、強がりなのだが。本当は一日だって早く会いたい、一秒だって長く一緒にいたい。そう思っている。

だけど、だからこそ。今この時、彼女と会えないこの時間も、大切にしたいとも思えた。

まるでヤバめのストーカーだ、これじゃ喜野のことを責められないな、と俺は自嘲《じちょう》してから、スマホを操作して返信をした。

『今日は喜野バイト休みだったよな？　話がしたいし、時間があったらお茶でも飲みにいかないか？』

§

『ピンポーン』

と、間の抜けた玄関チャイムの音が聞こえた。

俺はすぐに反応して、扉を開いた。

「お待たせしました、先輩っ」

「ああ、わざわざ来てもらって悪いな。入ってくれ」

扉を開けて、目の前にいたのは喜野を部屋の中に招き入れる。

喫茶店《きっさてん》で話でも、と思ったが、喜野から『他《ほか》の人には、あんまり聞かれたくない話もあるのでは？　迷惑でなければ、私が先輩の部屋にお邪魔させてもらいますが』との回答があったため、確かに一理あると思い、彼女を部屋に招いたのだった。

リビングへと案内すると、喜野がニヤついた笑みを浮かべていることに気が付いた。

「……何をニヤついてるんだ？」

「いや～、私がお部屋に来るのを許可するなんて、まさかでしたよ。今日は私、目に見えないところも気合入れてきたんですからねっ」

ちょっと何を言っているかよくわかんねぇ。まぁ、こいつの言っていることの意味が分からないのはいつもの事なので、スルーして、と。

「スルーはひどいですぅ！」

座布団を敷いて、炬燵の前に腰を下ろした喜野が抗議の声を上げた。

「コーヒーかお茶、どっちが良いか？」

「むぅ、またスルーですかそうですか……。コーヒー、ミルクたっぷりでお願いします」

俺の問い掛けにぶつくさと不満そうに文句を垂れつつ、返事をする喜野。

「はいよ、ちょっと待っててくれ」

俺はキッチンで二人分のドリップバッグのコーヒーを引き出しから取り出し、これまた二人分のマグカップを用意する。

ドリップバッグコーヒーにも美味《おい》しい淹《い》れ方というものがあるようだけど、俺はそこまで拘《こだわ》りはない。

あらかじめ沸かしていたお湯を適当に注《そそ》ぐ。その後、喜野の分のコーヒーが入ったマグカップに冷蔵庫から取り出した紙パックから牛乳を注ぐ。

俺の分と一緒に、氷を投入して完成。リビングに戻り、炬燵の上にマグカップを二つ置く。

「ありがとうございます、先輩」

「どういたしまして」

あざとい上目遣《うわめづか》いで言った喜野に、俺は炬燵を挟んで彼女の対面に座ってから、ぶっきらぼうに応《こた》えた。

俺の態度に文句を言うこともなく、牛乳がたっぷりと入ったコーヒーを一口飲んだ喜野は、

「それにしても、とっても意外でしたよ、先輩からお誘いがあるなんて」

と、くすぐったくなるような可愛らしい声で、俺に囁《ささや》いた。

「あー、悪かったな、急に呼び出して。何つーか、ちゃんと言っておきたかったんだよ」

「言いたかった？　……何を、ですか？」

きょとん、とした様子で、喜野はこちらに問いかける。

俺は自分の分のコーヒーを一口飲んで、喉《のど》を潤《うるお》してから言った。

「お礼をだよ。ありがとう、喜野」

俺は喜野に向かって数秒間頭を下げ、感謝の気持ちを表した。顔を上げて正面を見ると、目を丸くした喜野がそこにいた。

「……フラグですか？」

放心状態で、またしても意味の分からないことを呟く喜野。

「何のだよ」

「死亡フラグです」

「死なねぇよ。ていうか俺が感謝の言葉を口にするのが、そんなにおかしかったのか？」

お礼を言った後に、死亡フラグとまで言われてしまえば、ちょっとだけショックを受けてしまっても仕方ないだろう。

「いいえ。よく考えたら先輩はありがとうをちゃんと言える人でしたから、そんなにおかしくはないですよね。ただ、先輩がこんな風に素直になることは、やっぱり珍しいですよ」

言ってから、何故《なぜ》かこのタイミングで色っぽくウィンクをする喜野。このウィンクの意味はさっぱり分からない。だけど、こいつくらいの美人だと、その気取った仕草《しぐさ》が様になっているのは認めなければならないのが悔しい。

「私が思っていた以上に、平気そうですね」

喜野がどこか安心したように告げてきた。

「……そうか？　ちゃんとそういう風に見えてる、か？」

俺が返答すると、今度は首を傾《かし》げる喜野。

「どういう意味ですか、それ？」

「今は、ちゃんと葉月を送り出そうって思ってるけど、いざいなくなったら。俺、ちょっと前みたいな腑抜《ふぬ》けになるんじゃないかって、結構びびってるんだよ」

俺の言葉に、今度は間抜け面を晒《さら》す喜野。こいつ、コロコロ表情が変わって結構面白《おもしろ》いな、と思いつつ、尋ねる。

「なんだよ、その顔は？」

「いえいえ、先輩があまりに見当違いの心配をしていたので。それは杞憂《きゆう》かと、私は思います」

「杞憂？　一体、どういう意味だよ？」

「ちょっと前までの先輩が、やる気根気生気ゼロのウジ虫野郎だったのは。人の気持ちに敏感で逃げ癖ついた臆病者だったのは。ちゃんとフラれもせずに、そのまま葉月さんに対する想《おも》いを引きずっていたから。つまりは未練があったから、じゃないんですかね？」

「お前……それはちょっと辛辣《しんらつ》過ぎね？」

「でも、今回はちゃんと。葉月さんにフッてもらえるじゃないですか」

スルーされた。さっきの意趣返しのつもりだろうか。

「いやいや、フラれるわけではないと思うけどな？」

「フラれるんですよ。現実を見てください、先輩。今私の目の前にいる先輩より、元の世界にいる先輩の方を、葉月さんは選ぶ、ってことなんですから」

「そうとも言うのかもしれないが……」

俺は、戸惑う。そんなこと、考えもしなかったから。

「だから、完膚なきまでにフラれた先輩は、これまでみたいにウジウジ引きずったりしませんよ。だって先輩の弱さは、人を好きになれるっていう純粋な気持ちの裏返しなわけですから」

喜野のその言葉は、ただの励ましに過ぎないのかもしれない。それでも、俺のことをこんな風に励ましてくれたことを、素直に嬉《うれ》しいと思った。

だから、照れ隠しのように、俺は言う。

「ストーカーの喜野先生が保証してくれんのか。そりゃ、心強い」

「だから私はストーカーじゃないですよ！　先輩の意地悪っ！」

と慌てて否定《ひてい》した後、喜野は真面目《まじめ》な表情に戻って言った。

「先輩は、これから先も生きていきます。葉月さんとのことは、綺麗《きれい》な青春の思い出として記憶に残るんだと思います。でも、その思い出に囚《とら》われずに。今の先輩なら、もっと素敵な恋に出会えると思いますよ」

だって、先輩は私とは違うから。

寂しそうな表情で、喜野はそう言った。その言葉に、どんな意味があったのか。俺には察することができない。

「そう、なのか？　俺の中の葉月に対する想いは、この七年間、募ることはあっても、薄れることはなかった」

言葉にしながら、俺は気付いた。

「……ああ、この気持ちこそが、俺の未練だったのか。でも、それなら。俺は葉月に対する想いを。やっぱり、忘れたくはない」

「筋金入りのストーカー根性ですね……。それでよく私のことストーカーだなんて言えましたね」

喜野が引いていた。俺は自分の考えをそのまま口に出していたことに気付き、気まずくなって目を背《そむ》けた。

……でも喜野が、自分のストーカー根性を棚上げするのは納得できない。

喜野は、頬にかかっていた髪を耳に掛けてから、再びコーヒーを飲んだ。普段のおどけた雰囲気とは違う、どこか物憂《ものう》げな表情が気になって、俺はいつの間にか彼女に質問をしていた。

「昨日、言ってたよな。自分には、帰りたい理由がない、って。こっちの世界に来られて、ラッキーだとすら思った、って」

マグカップを炬燵の上に置いてから、好奇心に目を輝かせた喜野が楽しそうに言う。

「おやおやおや〜？　もしや先輩、気になります？　乙女《おとめ》のヒミツを、無遠慮に聞いちゃいたいと思ってます〜？」

うっとうしさが抜群の、茶化《ちゃか》した物言いの喜野。俺は一瞬眉《まゆ》を顰《ひそ》めるものの、一度咳《せき》をしてから、彼女を真《ま》っ直《す》ぐに見据えて言う。

「ああ。気になる。……どうして、元の世界に戻らなかったのか。どうして、この世界にとどまっているのか。お前が何を見て、何を感じていたのか。……どうしてだろうな。凄《すご》く、知りたくなった」

もしかしたら、俺は喜野に葉月の姿を重ねてしまったのかもしれない。

今も俺の前に戻ってこない、七年前に離れ離れになってしまった葉月が、もし違う世界の方が居心地の良い所だと思い、そして戻ってこないことを選んだのだとしたら――なんて。

そんな、どうしようもない考えが思い浮かんでいた。

「全《まった》く、何をそんなに情けない顔をしてるんですか？　私が良い感じにフォローしたばかりだっていうのに」

「何だ、喜野。三年も付き合いがあるのに、俺が情けない奴《やつ》だって知らなかったのか？」

「あ、それはもちろん知ってましたけど」

あっけらかんと答える喜野。

自虐っぽく俺から言った訳だが……こんなに軽く肯定されるとなんかイラッとするな。

「ったく、先輩に対するリスペクトが足りないな、喜野は。……まぁ、無理に話してもらおうとは思っていない。だけど、その、なんだ」

俺は気まずくなって、人差し指で頬《ほお》を掻《か》く。視線も泳いで、喜野の方を見ることが出来ない。

「なんか言葉の歯切れが悪いですけど、照れてるんですか、先輩？」

胡乱《うろん》な視線をこちらに向けてくる喜野。

「ああ、そうだな、照れてるのかもな。……俺はお前に感謝をしている。葉月に帰る方法を示してくれたこと。そして、俺を助けてくれたこと。だから、俺も。何かお前の力になりたい、って。思ったんだよ」

なんだか、格好の付かないことを言ってしまったが……仕方ない。

俺が喜野に抱く感謝も、そして何か手助けをしたいと思う気持ちも。

嘘《うそ》はないのだから。

俺の言葉を聞いた喜野は、口を大きく開いて驚いた表情を見せてから……どこか辛そうな笑みを浮かべた。

「ありがとうございます、先輩。そう言ってもらえて、私は嬉しいです。……だけど、私の話なんて、大したことはないんですよ」

目を伏せた喜野が、続けて言葉を口にする。

「私は、普通の家に生まれて、普通の教育を受けて、ごくごく普通に生活《せいかつ》をしていました。だけど、私は普通に愛されることがなかった。両親から愛情を注がれることがなかった。虐待を受けていたわけではないですが、それでも無関心でい続けられた私は、少しずつ周囲からズレていったんだと思います。……そんな私は、友人や恋人を作って、親愛をはぐくむことも出来ませんでした」

「……そうだったんだな」

「意外、ですか？」

「いいや。お前って最初の頃《ころ》はめちゃくちゃ暗かったしな」

　俺は出会ったばかりの頃の喜野を思い出した。口数少なく暗かった頃の彼女はひどく脆《もろ》くて、触れれば崩れ落ちてしまうのでは、と思えるほど儚《はかな》げであった。

　タイムスリップ前からあんな感じだったのなら、確かに友人も恋人も、作るのは難しかったのだろう。

　……まぁ、今もなんちゃってリア充の根暗なままなのだが。

「私のズレは、次第に大きくなっていきました。そんな私には誰のことも理解できませんでしたし、もちろん誰にも理解されないと思っていました。血の繋がった家族すらそうだったんだから、きっと他の誰とも分かり合えることなんて、今後無いと思っていたんです。だから、〈時震〉に巻き込まれてこの世界に来たときは、少しだけ気が楽になりました。私を愛してくれない人たちから解放された、と」

　どこか懐《なつ》かしむように、喜野は言う。

「でも、そんな考えは傲慢だったのかもしれないです」

　視線を落としながら、喜野は続ける。

「こっちの世界で出会った店長と奥さんは、ずっと私に良くしてくれました。最初は、記憶障害と思われていたから、同情で優しくされているとしか思ってなかったんですけど、それが一か月、半年と続いて。どうしてこんなに良くしてくれるのか、私は流石《さすが》に不思議に思って聞いたことがあるんです。そしたら、二人とも何でもない風に、たった一言『もう家族だから』って、言ってくれたんです」

その時のことを思い返しているのか、喜野は幸せそうに――でも、どこか辛そうに。

笑っていた。

「その時、私はとっても嬉しかったんです。こんなダメな私のことを、誰のことも好きになれない私なんかのことを、心配してくれる人がいることが。大切に思ってくれる人がいることが。……家族だと、笑顔を向けてくれる人がいることが。本当に、嬉しかったんです」

嬉しかったんです。そう言う割に、喜野の表情は晴れなかった。

「だから私は、変わろうと思ったんです。大切だと思われるのが相応しい人間になろうと、頑張ったんです。店長と奥さんにまで見放されてしまったら、私はもう立ち直ることなんてできないですからね……」

自嘲を浮かべながらも、話を続ける喜野。

「私に良くしてくれたのは、先輩も一緒でしたね。暗い私にも、あくまで自然体に接してくれた。私に負けず劣らずの根暗ボッチさは、正直居心地の良いものでした」

……あれ？　この話の流れで自然に俺をディスるのか？　普通にびっくりなんだけど？

「本当は、先輩と私は同じなんだと思っていました。本来誰からも愛されない、誰も愛せない。そんな、孤独を抱えた人だと思っていたんです。だから私は気になった。私が抱いていた劣等感と同じ感情を抱いている先輩となら、心地の良い関係を築けると思ったから」

救いを求める様な眼差しをこちらに向けてくる喜野。その姿と、以前の壊れてしまいそうな儚さを重ねた。

「でも、それは私の勘違いでした。先輩は、誰よりも好きって気持ちを知っているからこそ、もう二度と傷つかないために自分の気持ちに蓋《ふた》をして、見て見ぬふりをして、空虚な気持ちを抱えてこれまで生きてきたんですよね。好きになることも、好かれることもなければ。少なくとも失う痛みを感じることは、二度とないんですから。……それは、とっても弱くて、歪《いびつ》で、情けなくてみっともない生き方、ですよね」

「そう、なんだろうな」

「……だけど。いいえ、だからこそ。先輩は優しいんですよね。誰かの弱さを受け入れて、自分も傷つきながら一緒に寄り添ってあげて。そして、誰かのために涙も流せるんですよね」

……葉月の前で泣いたあの時のことを言っているのかもしれない。俺は気まずくなるものの、それでも、喜野の言葉を聞き逃さまいと身構える。

「私は、これまでの先輩の在り方を否定する気はありません。先輩のこれからも否定する気はありません。だって、全部ひっくるめて、それは今の先輩を形作る大切な感情で、大事な生き方じゃないですか」

……私なんかが、否定して良いわけがないですよ。

小さく呟いたその一言を、俺は聞き逃さなかった。

チラリとこちらを窺う喜野と、視線がぶつかる。

す、と柔らかく目尻を細めた彼女が、縋るような表情でゆっくりと口を開く。

「ねぇ、先輩。私の嘘を、聞いてくれますか?」

俺は、彼女の視線を真っ直ぐに受け止める。

「ああ。聞かせてくれ」

俺の返答を聞いた後、喜野は口元を固く結んだ。一拍置いてから、彼女は話し始めた。

「私、本当はずっと。暗い性格のままなんです。これまで店長や奥さん、先輩と接してきた私は、人当たりの良い可愛い後輩の私は。全部、全部……全部!」

涙を浮かべながら、それでも懸命に喜野は言葉を紡いだ。

「――演技だったんです。嘘、だったんです」

「……は?」

俺は、あまりにも意外なその言葉に、ただ呆けたように呟くことしかできなかった。

「そう、ですよね。びっくりしますよね。……私はずっと、皆を騙してきたんです。陰気な自分をひた隠しにして、明るく可愛い女の子を演じて。そうして先輩に。店長に、奥さんに。大切に思われる価値のある人間だと、誤解させ続けていたんです」

「ちょ、ちょっと待て、喜野」

「いいえ、待ちません。ちゃんと聞いてください、先輩。私は、ずっとあなたをだまし続けてきました。本当は、大切に思われる価値なんてないのに。人のことを好きになることもできない欠陥人間なのに。誰かから大切だと思われたかったばっかりに、酷い嘘を吐き続けてきたんです……」

ごめんなさい。

喜野は、消え入りそうなほど小さな声で、謝ったのだった。

「喜野……」

俺の呼び掛けに、申し訳なさそうに、本当に辛そうに顔を上げる喜野。

「はい。……すみません、先輩。私、どんな恨み言だって聞きます。騙し続けたことを、何度だって謝ります。だから、できることなら。私を嫌いになら「知ってたぞ」……へ？」

彼女の懺悔に割り込むように告げた俺の言葉に、喜野は信じられないといった表情を浮かべながら、

「……へ？」

と、繰り返し呟いた。

「俺も店長も、奥さんも。そのことには気付いていたっての。無理矢理テンションを上げて明るく振舞っていたことくらいな。微笑ましいなって、思ってたんだけど……悪かったな。そんな風に思いつめていたんだったら、ちゃんと言ってあげるべきだった」

「し、知っていたんですか？　なら、どうして。どうしてみんな、私に良くしてくれたんですか？」

恐る恐るといった様子で、喜野が問いかける。

「どうしても、なにも。店長も奥さんも、言ってたんだろ。もう家族だからって」

「……っ！　そ、それでも！　家族ってだけで、大切に思われるわけ、ないじゃないですか！」

「家族ってだけじゃなく、喜野は大切に思ってもらおうと、努力し続けてきた。お前はさっき、騙し続けてきた、なんて言葉を使ってたけど、そりゃ違う。お前は、ちゃんと大切に思われて良いんだ」

俺の言葉に、喜野は顔をくしゃくしゃに歪ませた。これまで見てきた笑顔とは全く違う、なんだか守ってあげたくなるような。そんな表情だった。

「で、でもそれじゃ先輩はどうなんですか⁉　先輩も、私のこと家族みたいだと思ってくれているから、許してくれるんですか？」

「……まぁ、こんな暗い俺とも、心地よい会話をしてくれようと努力してくれていたこと。ありがたく思う。てなわけで、許すも何もないっての。そもそもが見当違いなんだから」

「……こんな私で。嘘をつかなくちゃ人と関われない弱い私で。それでも良いって言うんですか？」

縋るように、喜野は問いかける。それこそが、見当違いだというのにも気づかないまま。

「なんか、難しく考えすぎてるな。……まぁ、育った環境のせいもあるんだろうけどな。だから、そんなに自分を悪く思わなくても大丈夫だ」

それでも納得していないような表情の喜野に、俺は続ける。

「俺は、葉月の前では格好良い自分でいたかった。だから、そういう風に努めて振舞った。……これも、喜野の言うところの嘘と同じなんだと思う。でも、それって別に悪いことじゃないよな？」

俺の言葉に、目を見張る喜野が、僅かに頷いた。

「……先輩は本当に。私に対して失望していないんですか？　怒っていないんですか？」

自分が許されていることが、心底意外そうなその臆病な様子がなんだか可愛らしくて、

「ああ、失望も、怒ってもない。つーか、意外だった。喜野は俺が思っていたよりずっと素直で。それに、なんというか……可愛らしい奴だったんだな」

正直に感じたことを、そのまま伝えた。

「……⁉　な、な……な！　な、何を言ってるんですか⁉」

その言葉に、顔を真っ赤にしながら酷く取り乱す喜野。

「演じ続けた明るい後輩も。本当は暗い性格の喜野も。俺にとっては、どっちもうっとうしくも可愛い後輩に違いはないってことだ。だから、たまには力を抜いて、自然体になってくれても良いからな」

そう言って俺は、勘違い甚だしい後輩の頭を乱暴に撫で、髪の毛をくしゃくしゃにしてやった。

「～～っ！」

喜野はさらに頰を紅潮させて、目尻に涙を浮かべつつ俺を見ていた。もしかしなくても、照れているのだろう。

「て、いうか喜野。人を好きになれない欠陥人間？　お前が？　気付いてないから言ってやるけどさ。店長のことも、奥さんのことも。ついでに俺のことも。お前、めちゃくちゃ大好きじゃねぇか。恋愛なんてしたことなくったってさ。誰かをちゃんと好きになれている自分のことを自覚しろ。そうすれば、そこまで自分を卑下できないからな」

俺がそう言ってやると、

「へ？　……あれ？　なんで？　……どうして？」

俺の言葉を聞いた喜野は、顔を真っ赤にしながら、目じりから涙をこぼしていた。

そのことが自分でも意外だったのだろう。俯きながら、戸惑ったような声を漏らし、指先で涙を拭っていた。

安心したのかもしれない。思い悩んでいた悩みが、勘違いであったことに。だから今、涙を流しているのではないだろうかと、俺は彼女の震える姿を見守りながらそう思った。

それにしても、これは相当恥ずかしい勘違いだ。きっと、後で思い出して悶えるんだろうな。

……あれ、ちょっと待て。思い出してみれば俺も相当恥ずかしいことを言ったんじゃないか？

「わ、悪い！　なんかテンションがおかしかった！　……つまり、なんだ。そんなに気にすることは無い、ってのは。覚えていてほしいってことだ」

俺は焦ってフォローを入れるものの、喜野の様子はおかしいままだ、流石に、心配になってきた。

「お、おい喜野……大丈夫か？」

「だ、大丈夫れすっ！　なんだか、とても驚いちゃっただけですからっ！」

身を強張らせ、頬を紅く染めたまま、普段よりも高い声音で、ついでに若干噛みつつ言う喜野。

本当に大丈夫だろうか？　今も不自然に目が泳いでいた。

しかし、これ以上突っ込んだ話をして、また恥ずかしいことを言ってしまうのも何だかなぁと考え、そういえばちゃんと喜野には俺と葉月のことを言っていなかったんだ、と思い出す。

「俺も、実は喜野に嘘を吐いていたことがあるんだ」

「嘘……ですか？　先輩が、私にですか？」

変わらず熱に浮かされたようなままの喜野。

「今更だけどさ。俺と葉月は従妹じゃない。恋人同士なんだ」

俺が告げると、喜野は先ほどまでの表情とは変わって冷めた目をこちらに向けて、何をいまさらとでも言いたげな表情になった。

「何をいまさら」

実際に言われた。

「いや。ちゃんと言ってなかったからさ。数少ない俺の話し相手をしてくれる後輩ちゃんに、可愛い彼女を紹介しようと思ってだな」

「か、可愛い、後輩ちゃん⁉」

ううう、とまたしても茹でたタコみたいに、瞬時に顔を赤くした喜野が呻いた。

「いや。可愛いのは彼女な」

「わ、分かってますから！　先輩のアホ！　バカ！　クズ！　ロ、ロリコン！」

「そ、そこまで言われるようなことだったのか？」

必死に俺を罵る喜野に、普通に傷ついてしまうのだった。

「ま、全く……これ以上この部屋にいたら、ロリコンが移ってしまうじゃないですか。そんなのごめんです！　私は、帰らせていただきます！」

「ロリコンは移らないだろ。……あ、いや。俺はロリコンじゃないけども！」

当然のツッコミを聞いた喜野は、何故だかどこか寂しそうに、

「……そうだったら良いんですけどね」

一言応えた。

俺は後輩の女子大生にそこまで深刻なロリコンだと思われているのだろうか……と、不安になってしまう。

喜野は立ち上がり、マグカップの中に残っていたコーヒーを一気に飲み切った。

「ごちそうさまでした」

そう言って炬燵の上にマグカップを置いてから、呟く。

「……それじゃ私、帰りますね」

未だに様子がおかしい喜野。頬は紅潮したままだし、なんだか熱に浮かされたようにフラフラしているように見える。

「何か様子がおかしいけど、大丈夫か？　送っていくぞ？」

「い、いえ！　大丈夫です、一人で帰れます」

玄関にてさっさと靴を履き、そして逃げるように外へ出た喜野に、俺は一言告げる。

「そうか。んじゃ、気を付けて」

「はい。……ありがとうございました」

こちらの顔も見ずに、そう言った喜野に俺は苦笑する。

「いや、お礼を言うのはこっちだと思うのだが」

「ふ、深い意味はありませんからっ！」

慌てて俺の言葉に返答し、急ぎ足で去っていった喜野の背中を見送り、俺は部屋へと戻る。

一体、何だったのだろうか。

考えて、すぐに思い当たった。きっと喜野は――単純に嬉しかったんだろう。これまでの自分を否定せず、騙し続けていたと思っていた俺に受け入れてもらえたことが。

その気持ちは、よく分かる。

何故なら俺も、これまでの情けない生き方を喜野に肯定してもらえて、嬉しかったのだから。

……そういえば、喜野は自分のことを『人のことを好きになることもできない欠陥人間』だなんて、見当違いなことを言っていた。思い返すと、妙におかしな気分になる。

それはきっと、以前の俺が抱いていた考えと、同じものなんだろう。

恋愛に興味を持てない人間だと思っていた、葉月と出会う前の自分と。

だとすれば、案外俺と喜野は似た者同士かもしれない。

きっと、あいつにも。これまでの考えを吹き飛ばすくらいの衝撃的な、それでいて素敵な出会いが待っている。

俺にとっての葉月みたい人との、そんな出会いが。

その時、あいつは戸惑う事だろう。自分が簡単に恋に落ちたという事実に。俺よりも拗らせていた期間が長いのなら、尚更だ。

だったら、その時もう一度、改めて。俺は喜野の力になってあげたい。恋を知らない喜野の手助けをしてあげたい。

先を行く先輩として。

似た者同士として。

……なんだかその出会いが、近い未来にあることのように思えて、俺は部屋で一人だというのに、可笑しくなって笑ってしまった。

マグカップを手に取って、飲みかけのコーヒーに口を付ける。

すっかり冷めきってしまったコーヒーのはずなのに、ほのかに温かく感じられたのはきっと、気のせいなのだろう。

17

結局、昨日は一日ヒナタと会うことは無かった。

ヒナタは一階のバイト先である居酒屋に来ていたので、会おうと思えば会うことはできたんだけど、そうはしなかった。

べ、別に恥ずかしいとかではなく、ただ、自分の気持ちと向き合う時間が、ちょっとだけ欲しかっただけだし！

それともう一つ。

……会わない時間が二人の愛を育てる。みたいなロマンチックな考えもあったりしたのですよ、きゃー！

「葉月《はづき》さん、何をそんなに楽しげに一人ではしゃいでるんですか？　正直ちょっと怖いんですけど」

私が物思いに耽《ふけ》っていた場所は、宿泊先の喜野《よしの》さん宅。ヒナタとの待ち合わせまでは、もう少し時間がある。

今は、彼女の部屋であることを手伝ってもらっている最中だった。

私の正面に立つ喜野さんが、ジトっとした目をこちらに向けていた。

「な、何でもないですよ！　て、いうかその。本当に良かったんですか、これ？」

誤魔化すように告げてから、私は喜野さんが見繕ってくれた、今着ている服を指さす。

「もちろん。今日の葉月さんには最高のパフォーマンスを発揮してもらわないと、ですからね」

「あ、ありがとうございます」

喜野さんにお礼を言ってから、私はたった一日会わなかっただけのヒナタの顔を思い浮かべる。

私のこの格好を見て、喜んでくれたら良いんだけどなぁ。

私がまたしてもヒナタへと思いを馳《は》せていたところ、こちらに向ける喜野さんの視線が徐々に複雑なものになっていくことに気が付いた。

私は彼女の視線を受け止めて、首を傾《かし》げる。すると、喜野さんは一つ大きなため息を吐《つ》いてから、すごく申し訳なさそうな表情になって、

「葉月さんには、言っておかなくちゃいけないことがあるんです」

と、唐突に私に抱きついてから、縋るような声音で言った。

喜野さんの女性らしい、細いのに柔らかな身体。なんだか、とっても良い匂いもして、気恥ずかしくなった。

「ど、どうしたんですか?」

訳が分からないまま、喜野さんに問いかける。

「……今こんなことを言っても、葉月さんを困らせるだけだってわかってます。だけど、今じゃなくっちゃ、きっと話せないと思うので。聞いて欲しいんです」

「は、はい。何ですか?」

こんな風に言われたら、断ることなんてできない。

喜野さんは私の身体から離れて、真正面からこちらを見つめてきた。そして、思いつめたような表情で、口を開いた。

「舌の根も乾かない内にこんなことを言うのが、恥ずかしい限りなんですけど。……私、先輩のことを好きになってしまいました」

「……へ?」

私はその言葉の意味がすぐには分からず、間の抜けた返事をしていた。

「す、好きになっちゃったんです! 昨日、私が先輩のお部屋にお邪魔したのは知っていますよね?」

「えと、それは。知っています」

そのことはちゃんと知っている。律儀なヒナタが喜野さんにお礼を言うために会うのだろうと思っていたんだけど……え、違ったの!?

「昨日、先輩のお部屋でお話をして。自分の吐いていた嘘を告白したんです。そしたら先輩はその嘘を知っていました。すごく戸惑いましたけど、多分私、それが嬉しかったんです。ちゃんと見てもらえていたことが、嬉しかった」

私は喜野さんの話に耳を傾ける。

「でも、それだけじゃなかったんです。その嘘は、私の努力だって言ってくれた。ダメなことじゃないって、悪いことじゃないって言ってくれました。失望も怒りもしてなくって。それどころか私のことを……か、可愛いとまで言ってくれました。人をちゃんと好きになれているんだって、教えてくれました！」

他の女の子に向かって可愛いって言うなんて、ヒナタには私の彼氏であるという自覚が足りないんじゃないかな⁉　そう不満に思い、私は心の中で吐血した。

「先輩にそう言ってもらえた私は、心臓がバクバクと高鳴って。急に恥ずかしくなって。これまでみたいに先輩の顔が見れなくなって。これまでよりもずっと先輩と一緒にいたくなって。でもやっぱり恥ずかしくなって、わけが分からなくなって！」

一生懸命に言葉を紡ぐ喜野さん。まるで年下の女の子が恋の相談をしてくれているみたいで、私はそれを見守るしかできなかった。

「……一晩経って、これが恋なんだって。好きって気持ちなんだって。分かったんです」

そう言う彼女の表情は、本当に苦しそうで。でも、それ以上に——幸せそうだった。

この表情を、私は知っている。

恋する女の子が、好きな男の子のことを想う時の表情だった。

……確かに、近い将来喜野さんをヒナタが助ける予感がある、なんて思ったけど！　こんなに急に、しかも直接的な感じだとは思ってなかった！

「そ、それで喜野さんは、その気持ちを思わずヒナタに言っちゃった、とかですか？」

私は、不安を隠しもせずに喜野さんへ問いかけていた。

「い、言えるわけないじゃないですか！　恥ずかしすぎて、逃げ帰ってきましたよ！」

その時のことを思い出しているのだろう、喜野さんは恥ずかしそうに両手で顔を隠しながら言った。

……喜野さんがいちいち可愛いのが、なんだか無性に悔しい。

「私が、葉月さんに言わなくっちゃいけないと思ったことは、先輩を好きになったってことだけじゃないです。お礼も、言いたいんです」

「お礼？　私にですか？」

「はい、お礼です。でも、今から言う事は、葉月さんにとって気分の悪いことだとも思います。葉月さんを傷つけるだけかもしれないです。だけど、それでも。お礼をさせてください」

私が嫌な気持ちになるお礼って、一体どんなことなんだろう。喜野さんの表情が、真剣そのものだったこともあり、私は思わず身構えてしまう。

「葉月さんがいなくなったことで、先輩は沢山傷つきました。暗くて、臆病な先輩だったからこそ、私は嘘を吐きながらも関わることが出来たんだと思います。……私の前にいる人が、普通にイケてる人だったら、どうやって関わって良いか分からなかったでしょうし」

……その言葉を聞いた私は、何も言うことが出来なくなるくらい衝撃を受けていた。

「葉月さんが現れて、先輩は変わりました。傷ついて、元に戻った、というのが適切なのかもしれませんが、私にとってはどちらでも構いません。足掻いて、ようやくそれらを乗り越えようとしている彼だったからこそ。私は好きになったんです。……誰かに、恋をすることが出来たんです」

喜野さんが、どうしてこんなことを言ったのか。私には分からなかった。

彼女の話を聞いているうちに、嫌な考えが胸中を占める。それを考えすぎだとは、今の私には思えなかった。

この世界に私がいないことも。

それでヒナタが傷ついたことも。

恋を知らずに思いつめている喜野さんが、この世界で傷ついたヒナタと出会ったことも。

……今ここにいる私と再会して、もう一度前を向こうとしているヒナタに、喜野さんが恋をしたことも。

全部、全部。

——彼女が恋心を知るためにお膳立てされているようだ、と。

私は思ってしまった。

それが、悲しくて、悔しくて、妬ましくて。

なんて酷い話なんだろうと、絶望しそうになる。

「私は、先輩に救われました」

だけど、今にも壊れてしまいそうな、その儚げな表情を見て。

「でも、私には先輩を救えませんでした。手を差し伸べることさえ、できませんでした」

私は気付く。喜野さんが、本当に伝えようとしていることを。

「先輩が誰よりも大切だと想っている葉月さんだったからこそ。先輩が恋をした、葉月さんがいたからこそ。先輩は過去と向き合って、それを乗り越えようとすることが出来たんです。前を向いて、進むことを選べたんです」

喜野さんが抱く気持ちが、私にも分かる気がした。

「先輩のことを好きになった私には、それが悲しくて、悔しくて、妬ましくて。……それでもやっぱり。とても素敵だなって、思うんです。だから、私は。葉月さんに対してとても感謝をしています」

きっと、彼女は。私がこの世界に来たことが、決して無駄なことではなかったのだと。そう伝えようとしているのだ。

「先輩を救ってくれて、ありがとうございます」

私のいなくなった世界で、ヒナタと再び出会って。結局、また離れ離れになったとしても。それでもこの出会いと別れに意味があったのだと、喜野さんはあの時の彼と同じように涙をこぼしながら、懸命に伝えてくれているのだ。

この世界の私の役回りは、ひどく滑稽なものだったのかもしれない。心の中がぐちゃぐちゃになって、悲観をしそうになったけど。

それだけではないことを、喜野さんは伝えてくれた。教えてくれた。


傷ついて、俯いてばかりで前へと進めなくなったヒナタ。

彼にもう一度前を向かせる原動力を与えたのは、間違いなく私だった。

喜野さんでも、他の女の子でもなく、今ここにいる私自身だ。

……それならば、私は自身の役回りに、ちゃんと納得することが出来る。この世界に来て良かったと、そういう風に思える。

私がここにいるのにも、意味があったのだと胸を張れる。

だって、私は。

――ヒナタのことが、好きだから。


太陽みたいに誰かを温かく照らせるヒナタのことが、大好きだから。

他の誰よりも強く、ヒナタが幸せであることを願っているから。

だから、私も。

離れ離れになる結末だとしても、彼と心を通わせることが出来て幸せなんだ。


「喜野さんは、酷い人です」

努めて穏やかな声で、私は伝える。

「私は今。とっても、嫌な気持ちになりました。とっても、悲しい気持ちになりました」

喜野さんは私の言葉を聞いて、泣き声を上げながら、ごめんなさいと繰り返す。

「だけど。そんなことを伝えられたら……嫌いになることも出来ないじゃないですか。……だから、酷い人です」

私は俯いて泣き続ける喜野さんを、胸に抱きしめた。

小さな子供のように泣きじゃくる彼女の頭を、優しく撫でる。

そうすると、喜野さんはもう涙を堪えることをあきらめたようで、先程よりも大きな声を上げて、泣き続けた。

私の胸に顔を埋めて泣く彼女を見て気づいたのだけど。ヒナタの後輩という事は、私にとっても喜野さんは後輩と言えるのではないだろうか？　……だったら、仕方ない。

泣き虫さんな後輩を、先輩の私はしばらくの間見守ってあげることにした。

手間のかかる後輩だなぁと思いつつ、私は喜野さんの頭を撫で続けるのだった。

§

「そう言えば昨日。『俺と葉月は従妹じゃない。恋人同士なんだ』なんて今更過ぎることを先輩に言われちゃいました」

泣き過ぎて目元を赤く腫らした喜野さんが、仕切り直しとばかりに私にそんなことを言ってきた。

「……んへへ」

私はその言葉を聞いて、だらしなく笑った。

機会があったら、彼女だって紹介するって言葉を、ヒナタは忘れていなかった。ちゃんと覚えてくれていたことが、嬉かった。

「む、むー。そこまでだらしない表情をされると、言わない方が良かった気になってきちゃうじゃないですかー！」

「そうですよね、すみません」

誠意を込めた謝罪を行いつつ、私は可愛い後輩ちゃんの頭をなでなでする。

「もー、私の方が年上なんだから！　やめてくださいー！」

そう抗議して、喜野さんは私の魔の手から逃れた。

「全く。……この際だから言っちゃいますけど！　多分、私は葉月さんとタイムトラベル関係なく、普通に出会っていたとしたら。仲良くできなかったと思います」

「私がヒナタの彼氏だからですか？」

「ち、違いますー！　葉月さんにメロメロなリア充の先輩になんて、恋しませんー！」

「してるじゃないですか」

「し、してませんから！　……あ、あれー!?　もしかして、してます!?」

表情をコロコロ変える喜野さん。

自分のことを暗い性格だなんて言っていたけど、今の彼女を見てそう思う人はいないんじゃないかな、と思った。

そして私も、もし喜野さんとタイムトラベルなんていうこと関係なしに出会っていたら、どうなっていたんだろう、と考えてみる。

綺麗で、可愛くって、とても臆病で、それでも優しい喜野さん。そんな彼女がヒナタを好きになってくれたこと。私は嬉しいし、誇らしいと思う。

自分の彼氏がモテモテなのは、性格が悪いかもだけど、気分が良い。

でも。もしも七年前、ヒナタの隣から私がいなくならなかったとしても、私の居場所は、喜野さんに奪われていたのかもしれない、なんて。

そんな考えてもしょうがない危機感を覚えるには十分なくらい、彼女が素敵な人だという事を、私はもう知っている。

そんな素敵な人が、ずっとヒナタを近くで見続けていたとしたら。私は気が気でないと思う。……だとしたら私も、喜野さんとは仲良くなれなかったかもしれない。

だけどやっぱり、嫌いにもなれなかった。

だって彼女は、彼と同じで。誰かを想って涙を流せる、優しい人なのだから。


「むうぅ、宣戦布告です、葉月さん！」

意を決したような表情で、考え事から現実に戻った私にぴしりと人差し指を突きつけて、

「私は、きっと先輩を振り向かせてみせます。葉月さんのことが好きだって想いよりも、私のことが大切だって想ってもらえるようにしてみせます！　絶対に、負けませんから！」

「ヒナタ、すっごく私の事好きですよ？　その気持ちを上回るのは、簡単じゃないですよ？　……無理なんじゃないですか？」

「分かってます、先輩が葉月さんのことを、控えめに言って引くくらい大好きなことは。それで

も……私は頑張るって、決めましたから」


真っ直ぐな目をこちらに向けながら、穏やかに決意を告げる喜野さん。

そんな彼女に、言いたいことはたくさんある。意地悪もしたい。

それでも私は、彼女の視線を受け止めて、ゆっくりと頷いて、一言だけ告げた。

「うん、頑張ってね」

私の言葉を聞いた喜野さんは、意外そうにこちらを見ていたけど、ややあってもう一度口を開いた。

「はい。頑張ります。……約束します」

すぅ、と大きく息を吸い込んでから、言葉を続ける。

「だから葉月さんは、安心していてください」

喜野さんのその言葉に。私はもう何も応えることはなかった。


彼女の決意した表情を見ながら、ただ一つだけ願っていた。


きっと私の願いは、どうしようもないものだ。

ヒナタには、私のことをずっと好きでいてもらいたいと思っているけど。

ちゃんと誰かと一緒に、幸せになってもらいたいとも、願っているのだから。

18

とうとう、葉月《はづき》とあの日の約束を果たす時がやってきた。

そう思うと、俺《おれ》の胸に何とも言えない感情が去来する。

積み重なったのは七年分の想《おも》いだ、何も感じないわけがなかった。

俺は、それを胸の内で呑《の》み込《こ》んで、彼女との待ち合わせ場所であるA市駅前の時計台下で、これからの予定を確認する。

K県で最も大きな花火が打ち上げられる夏祭り、その名も「サマーフェスティバル」。……安直すぎるネーミングに、愛県精神豊富な俺も思わず苦笑いだ。

花火は、八時から打ちあがるそうで、それまでは出店やステージイベントが催される。

それまでの時間、どうしておこうかなと考え、俺は顔を上げて、時計台の示した時刻を確認する。もうそろそろ待ち合わせの時間だった。

この場のことを思い返す。この時計台は、俺と葉月が再会した場所だ。そこで葉月を待つというのは、思っていた以上に感慨深かったりする。

今日は、絶対に楽しい日にしよう。

俺がそう決意した丁度その時、可愛《かわい》らしい声が耳に届いた。

「お待たせ、ヒナタ」

葉月の声だった。その声にドキドキしている自分がいた。たった一日会わなかっただけなのに、この反応。俺は中学生男子か何かかな？

そんなことを思いつつ俺は振り返った。そして、とんでもない衝撃を受ける。

「そ、その格好は……⁉」

「これ、喜野《よしの》さんに買ってもらって、着付けも手伝ってもらったの。折角ヒナタとの夏祭りデートなんだから、おしゃれしなくちゃ、って」

グッジョブ、喜野。俺は最高の後輩を持ったと、確信した。

紺色の布地に、淡い緑色のクローバーの柄があしらわれた浴衣《ゆかた》をきっちりと着こなしている葉月が、そこにはいた。足元はもちろん、下駄《げた》で決めている。そして、普段は下ろしている髪の毛を、纏《まと》めていた。

見慣れない彼女の姿だったが……言葉を失うほど、似合っている。

そして、てっきり普通の格好で来るものだと思っていた俺は、その嬉《うれ》しすぎるサプライズに涙を流しそうになっていた。

無言で感極《かんきわ》まっている俺を不審に思ったのか、もじもじとしながら俺を見上げる葉月が、少しばかり不安そうに、

「え、っと。似合ってる、かな?」

と尋ねる。

「めっちゃ似合ってる」

一言だけ、鼻息荒く答える。

葉月の目には変態っぽく映ったかもしれない。でも、俺はもう変態でも構わないです。

「可愛い?」

「めっちゃ可愛い」

続けて問いかける葉月に、一言だけ鼻息荒く答える。やはり葉月の目には変態っぽく映ったかもしれない。でも、俺はもう以下略。

「……喜野さんより?」

「うん。……ん? どうして喜野が出てくるんだ?」

笑顔のまま、だけどどこか凄みを感じる表情で葉月が問いかけてきたことに、俺は戸惑った。

「喜野さんより、可愛い?」

凄みを利かせたまま、繰り返し問われる。どうしたのだろうか? とも思ったが、

「ああ。葉月は、世界一可愛い」

俺は正直に自分の気持ちを伝えた。俺にとって葉月より可愛い女の子などいない、と断言できる。

「せ、世界一⁉ そ、そっか! ……良かった」

頬を赤らめ、ホッとした様子の葉月だった。変態だとは思われていなさそうで、俺もホッとした。

「お昼、まだだったよね？　食べにいこ」

ご機嫌な葉月の言葉に、俺は頷《うなず》く。

そして二人で駅近くにある雰囲気が良くて美味《おい》しいと評判の洋食屋に入って昼食を食べた。

だがしかし、俺は対面に座る可憐《かれん》な浴衣姿の葉月が気になってしまい、食べたランチセットの味が一切《いっさい》分からなかった。

やっぱり俺は、中学生男子か何かなのかな？


Ａ市駅から電車に乗る。そして乗り換え無しで二十分程度が過ぎ、目的のＫ駅に到着。

改札を通り抜けて降りたＫ駅から、祭りの会場は徒歩十分程度、なのだが。まだ日も高いというのに、駅の構内は人が溢《あふ》れていた。

流石《さすが》は県で最も大きなお祭り。若いカップルや家族連れ、学生の群れやお年寄りの集団など、老若男女問わず、駅を賑《にぎ》やかせていた。

「すごく人が多いね」

あまりの人の多さに、葉月は引き気味に言った。

「そだな。はぐれないように、気を付けなくちゃな」

と、俺が言うと、葉月が服の袖《そで》をちょちょいと引っ張ってきた。

どうしたんだろうか？　俺はそう思って葉月へと視線を向ける。しかし彼女は頬《ほお》を染めて、そっぽを向いていた。これでは、何が何だかわからない。そう思った時に、すっと彼女の手が伸びてきた。

俺はその手と葉月の表情を見る。ここまでさせてしまったら、分からないなんてはずがない。

差し出された手を、俺は握る。

お互いの手は、緊張のせいか少しだけ汗ばんでいたが、それでも葉月は俺の手を強く握り返してくれた。

その後、ホッとしたような、どこか気恥ずかしそうな表情を、俺へと向けてきた。

「これで、大丈夫だな」

俺が言うと、葉月はそのまま小さく頷いた。


混雑していた駅を通り抜けると、川沿いに屋台が広がっていた。そしてなにより駅前以上の人混みがそこにはあった。

まだ陽《ひ》は高いものの、お祭りの雰囲気はこの場に充満していた。

「屋台でも、見て回ろうか」

「うん、そだね」

俺の言葉に、葉月が弾《はず》んだ声で答える。地元の小さな夏祭りだと、ここまでいろいろな種類の屋台はない。流石は県下最大級の花火大会だ。

かくいう俺も、夏祭りなんて来たのは七年ぶりだから、年甲斐《としがい》もなくワクワクしている。射的、ヨーヨー釣り、型抜き等の屋台で遊んで、小腹がすいたらたこ焼き、綿あめやかき氷を二人で分け合いながら食べた。

成人男性である俺と、女子中学生の葉月は、お祭り気分で浮かれている周囲からは仲の良い兄妹とでも見られているのだろうか。ショッピングモールに行った時とは違い、特に不審な目を向けられることもなく、俺たちは祭りを楽しんでいた。

まるで、中学生だった頃《ころ》のように、俺は無邪気に、そして夢中になって葉月と過ごす時間を楽しんでいた。

§

二人とも歩き疲れ、そして遊び疲れていた。ちょっとした広場があったため、俺は事前に用意していた二人用の小さなレジャーシートを鞄《かばん》から取り出して敷き、周囲の人達がそうしているように、座って休憩をすることにした。

俺たちは座りながら、いつの間にか暗くなってしまった夜空を見上げる。

広大な空を覆《おお》うのは、数多くの星。その光が降り注《ふそそ》ぐありふれた、だけど確かに心動かされる光景。

花火大会には絶好の日と言えるだろう。

あと三十分もすれば、花火が打ちあがる時間になる。つまりそれは、俺たちが別れる時間が迫っていることを意味していた。

未練の象徴である約束を果たしさえすれば、俺はきっと一人で歩ける。

葉月はそれを見届けることで、元の時代に安心して戻れるはずだ。

花火を見終われば、俺たちはきっともう会えない。

——そんな確信に近い予感が、俺にはあった。

先程までは明るくおしゃべりを続けていたのに、今は互いに口数が少なくなっている。

もしかしたら俺と同じように、葉月も別れを予感しているのかもしれない。

「楽しかったね、お祭り」

名残惜しむように、葉月が静かに言った。

「ああ、滅茶苦茶《めちゃくちゃ》楽しかった」

「もうすぐ、花火上がっちゃうね」

「……ああ、そうだな」

俺は、なるべく平静を装って答える。

「場所、移動しない？」

葉月が、不意にそんなことを言ってきた。しかし、この場所も花火を見るには良いポイントだと思うのだが、何か不満なのだろうか？

「花火なら、ここからでもよく見れると思うんだけど」

「もっと、良いところがあるんだよ」

そう言って、葉月は立ち上がり、俺に手を差し伸べる。

なんで葉月がそんなこと知っているんだろうか？　ここには来たことないはずだろう、と思ったものの、彼女の穏やかな瞳《ひとみ》を見ると、途端に何も口にできなくなり、そして結局その手をとって、立ち上がったのだった。

葉月は、俺の手を引き目的の場所へと歩く。俺は何も言わずに、それに従ってついていったのだが、祭りの会場からはどんどん離れていく。

俺は少しだけ不安になって、

「結構お祭りの会場からは離れてるけど、大丈夫か？」

と、訊《たず》ねた。

「うん、大丈夫だよ」

頷いた葉月の表情は、変わらず明るいものだった。

その後、二十分程度かけて歩いていき、

「着いた！」

と葉月が声を上げた。

「ここは……」

葉月に連れて来られたのは、祭り会場の裏山にある神社だった。周囲に人影はない。ゆっくりと見るには、確かに絶好のスポットと言えそうだった。しかし、流石にここまで足を運んでまで花火を見ようという人は、俺たち以外にはいないらしい。

「良い感じに花火が見られそうだな。どうして、この場所のことを知ってたんだ？」

俺が何気なく問いかけると、

「喜野さんから聞いたの。……その喜野さんも、バイト先の奥さんから聞いたって、言ってたんだけどね」

「へ～、そうだったんだな」

あの寡黙な店長が、奥さんのことを誘ってここで一緒に花火を見上げたのだろうか？　意外と、その光景を想像することは難しくなかった。

隣に並ぶ葉月を見る。……俺たちも、あの二人のように、長い間一緒に過ごすことが出来る未来もあったのだろうか？　と。空虚な気持ちを抱いてしまう。

「何、考えてるの？」

優しげな微笑みを浮かべながら葉月は言った。

「……葉月のことを、考えてた」

「……バーカ」

俺の言葉に、照れくさそうに呟く葉月。確かに、俺は馬鹿だった。

これまでの未練も、これからの喪失感も必要ない。

今はただ、隣にいてくれる葉月のことだけを考えていたい。

「もうすぐだよ」

そう言って、葉月は澄んだ星空を指さした。

俺もつられて顔を上げると、今まさに、花火が打ち上げられた。

視界を、光の幻想が埋め尽くした。俺はそれに見惚《みほ》れていると、わずかな後に、どんっ、という腹の底に響く音が届いた。

「始まったね」

葉月は俺の前に進み出て、次々に打ち上げられる光の幻想に、俺と同じように見惚れていた。

「そうだな」

俺は、その光と、彼女の後姿を視界に入れてから、呟《つぶや》いていた。

しばらくの間、俺たちに会話は無かった。ただ、光り輝く夜空を見つめていた。

ひゅ〜、と一筋の光が打ち上げられる。それはすぐに、夜空を彩《いろど》る大輪の花のように咲いた。

一拍遅れて、鼓膜を震わす音が届く。

そして、この場所まで風に運ばれた仄《ほの》かな火薬の香りが、鼻孔をくすぐった。

視界一杯の光の花が咲くたびに、「うわぁー、すごーい」と葉月が嘆息するのだが、時が進むごとに、彼女は無言になっていく。

そして夢中になって、その光を見つめていった。

夜空に打ち上げられる火薬と光の芸術を眺める時が、刻々と過ぎていく。

打ち上げられたそれが霧散して消えるたび、心臓の鼓動が高鳴っていった。

その動揺を悟ったかどうかは分からないが、葉月は再び俺の真横へと寄ってきた。そして夏の暑さで少し汗ばんだ俺の手を、嫌がるでもなくその細く小さく冷ややかな手で、握りしめてきた。

葉月の冷たい体温が、繋《つな》いだ手を通して俺に移ってくるような錯覚をした。

……鼓動の高鳴りは止まらない。

夜空を見上げる俺の視界一面を、火花の光が埋め尽くした。

その光が、俺の網膜に焼き付いた。生じた光の残像が、新たな光によって上書きされ、それが幾度となく繰り返される。

散り際に落ちる残火が、視界の隅に入った。その残火に触れようとして、俺は宙に手を伸ばした。こちらに向かって落ちてくるそれは、手を伸ばせば届きそうで、しかし決して届きはしなかった。

残念ながら、そして当然ながら。花火の残火は宙で消える。

俺はつかみそこなったことを惜しむように、宙にかざした手のひらを握りしめた。

「どうしたの？」

その声に振り向けば、隣に立つ彼女が、十四歳という年齢には不相応な……あるいは、彼女が俺と共に歩まなかった七年間を埋めてしかるべき艶《つや》やかな微笑みを浮かべ、優しい声音《こわね》で問いかけていた。

思わず、その微笑みに、ドキリとした。

「掴《つか》めるかと、思ったんだ」

俺は、小さく呟き、そして握った拳《こぶし》を下げた。

「何それ？　……変なの」

葉月は、笑った。寂《さび》しそうに、笑っていた。

だが、葉月は俺のことを変だと笑ったが、そうは思わない。

誰《だれ》もが、儚《はかな》く散りゆく光の残火を自分に向かって落ちてくると思い込み、そしてそれを自らの手の内におさめたい、と。

そう願って手をかざしたことが、あるはずだ。だけど、それは決して叶《かな》わない。いいや、叶ってはいけないんだ。

その残火を手にしてしまったら、自らの掌を焼き、焦《こ》がすことになる。どれほどそれに焦がれても、手の内に入れることはできない。

……いや、手に入らないからこそ、焦がれるのだ。

俺にはそれが、よくわかる。

七年前のあの日。一人で見た花火は、今みたいに派手でも、感動的でもなかった。

今見上げているこの花火もきっと。葉月と一緒でなかったら、ここまで心動かされることはなかったはずだ。

きっと俺は、この光景にまた焦がれる。

だけどもう――手を伸ばしはしない。

隣にいる葉月は、無言で俺の言葉を待っていた。

「帰ったら、また俺と……花火を見てくれるか?」

「もちろん。絶対見るよ」

俺の問いかけに、葉月は逡巡《しゅんじゅん》なく答えた。

「ありがとう」

一言だけ俺は呟いて答える。

もう大丈夫。全部、葉月のおかげだ――。言葉にせずとも、きっとこの気持ちは伝わっている。

俺と彼女は、お互いに向かい合って、見つめ合った。

今なら、抱きしめあって、キスを交わすこともできるだろう。

でも、そうはしない。

俺は葉月の頭をなで、その手触りの良い頭髪を指先で梳《す》いた。

「好きだよ」

俺を軽く見上げながら、葉月は、言葉を紡《つむ》ぐ。

「こんなことになって、確信できたの。私は、今も昔も七年先もそのずっと先も。ヒナタのことが大好きだ、って」

葉月は、笑う。それは、今も打ち上げられ続けている花火よりもずっと眩《まぶ》しくて、綺麗《きれい》だと、俺は思った。

七年間、俺が見ることを願い続けた笑顔なのだ。そう思うのは、当然だろう。

葉月の言葉に、俺は答えた。

「俺も、好きだ。大好きだ。今この時も、これまでの七年間もずっと。ずっと、大好きなんだ。……だけど、これからは違う。きっと俺は、葉月と違う人を好きになる。だから……だから」

だから?

俺は、今一度自らの気持ちと向き合う。

「……俺を好きになってくれて、ありがとう」

そしてすんなりと口から出た答えは、感謝の言葉だ。あの時、葉月が俺に残そうとしてくれた言葉と同じだったのは、決して偶然ではない。

そう、それ以外にないのだ。

俺は彼女と出会ったことで、たくさんの成長をしてきた。

そして、奇跡的な再会のおかげで、俺は燻《くす》ぶっていた自らの気持ちと、真正面から向き合うことができるようになった。

俺の言葉を聞いた彼女は、どこか寂しそうに頷いた。

「なんだか私、ふられちゃったみたいだね。……でも、それで良し、だよ」

背伸びをして、そして手を伸ばし、俺の頭頂部に手を置いた。

子供をあやすように俺の頭を撫《な》でる。その間、身動き一つとらずに、葉月のひんやりした手の平の、確かな温《ぬく》もりを感じていた。

彼女は、ふとその手を止めて一歩引いた。

「――もう一つ、約束するよ。私は七年後も、その先も。ヒナタと一緒にいる。……絶対、ヒナタに幸せにしてもらうからね」

彼女の今にも消えてしまいそうで、何よりも美しいと思えるその笑顔を見て、俺はただ一つ祈っていた。

どうか、これからの葉月の人生が幸せなものでありますように、と。

それは、本来ならば祈るものではなく、俺がこの手で叶えたかった望みのはずだった。

だけど、もういい。もう、大丈夫だ。

それは、すでに俺が叶えるべきことではないのだから——。


「……良かった。今日ここで、ヒナタとお別れをすることができて」


優しげな声音で言う葉月。

俺は彼女の言うお別れが何かを、すぐに察した。

振り向いて、彼女の視線の先にある〈何か〉を見た。

それは、普通にはあり得ない現象。度の合わない眼鏡で見える世界のように、不自然に歪んだ空間が、そこにはあった。

「これが……〈時震〉なのか？」

「うん。そう。これが、〈時震〉。見るのはまだ二回目だけど、間違いないよ」

寂しそうに、そしてどこか納得した様子の葉月が呟いた。

俺はというと、あまりにも都合の良いタイミングで、僅かに苦笑してしまう。

だが、こうなる予感は確かにあった。

喜野が教えてくれた、〈時震〉の発生する条件。

強い祈り、願いや思いを抱く場所、状況に〈時震〉は現れる。

それならば。

今この場に〈時震〉が現れるのは当然のことだった。


俺は、葉月を失った七年前から、ずっと祈り続けていた。

葉月と並んで、打ち上げられる花火を見上げることを、強く、強く願い続けていた。

今、俺と葉月が並び立つこの場所、この瞬間こそが。俺の七年間の強い祈りと願いと想いの終着点であり。

その想いを、願いを、祈りを。

はるかに凌駕《りょうが》するほど、俺はこれから先の彼女の幸せを、祈っている。

だから、今日の別れは、偶然ではなく必然だった。

……皮肉だな、と嗤《わら》うことはない。ただ俺は、この場で葉月を見送れることを、嬉しく思う。

葉月は、俺の背後にある歪みに向かって歩を進める。

最後に見る彼女の姿。その一挙手一投足を、俺は目に焼き付ける。

歪みの下に辿《たど》り着いた葉月は、大きく深呼吸を繰り返してから、その歪みに指先で触れた。

すると、淡い光が周囲に広がっていき、その光が徐々に彼女の全身を覆い隠していく。

「喜野さんに、ありがとう、って伝えておいて」

光の中の葉月が言う。

「ああ、伝えておく」

俺の言葉に、満足そうに頷いた葉月が告げる。

「……きっとヒナタは、私と違う人をこれから好きになるんだよね」

今度は俺が、彼女の言葉を首肯した。既に光は葉月のほとんど全身を覆い隠しており、残された時間がわずかだということを直感する。

「そうだとしても。今の私を好きでいてくれるヒナタに、ちゃんと伝えたいことがあるの」

「何だ？」

俺は、彼女が言おうとしていることを、一言だって聞き逃さないように、耳を傾ける。

葉月は照れくさそうに頬を朱色に染め、目尻に涙を溜めながら、優しい表情を浮かべて俺を見た。

「……バイバイ、ヒナタ。私は君に会えて、幸せだったよ」

その言葉を聞いて、俺の胸から、堪えようのない言葉が溢れそうになる。でも、ここで一昨日のように、自分の想いの全てをさらけ出すわけにはいかない。

そんなことをしてしまえば、俺だけでなく葉月の別れの覚悟が、すべて無駄になってしまう。

だから——。

葉月が願った言葉。

俺が祈った想い。

それが同じものだったと、俺は言葉にする。

「きっと幸せにしてみせる。……ちょっと育った環境が違うからといっても、俺は俺だ。だから、保証する。そっちの世界の俺は、絶対に葉月を幸せにしてみせるよ」

俺は今、ちゃんと笑えているだろうか？

大好きな彼女に、最後に見せる顔なのだ。今度こそ、本当に。

だからせめて、笑って送り出したい。俺は奥歯をかみしめ、無理矢理に笑って見せた。

きっと不格好な笑顔だ。葉月はきっと、気付いていることだろう、俺の強がりに。そして同

時に、俺が前を向いて歩こうとしていることに。

彼女は、大きく頷き、そして笑った。その目尻《めじり》には、一筋の涙が零《こぼ》れていた。俺の頬にも、暖かな何かを感じた。

……どうやら、結局俺も涙を流していたらしい。

やっぱり最後まで、恰好がつかないな。優しい微笑みを浮かべていた彼女は、淡い光に全身を呑み込まれて――


そして俺の目の前から消えていなくなっていた。

空間の歪みも消え去り、残っているのは、儚き光の粒子だけ。

それは、彼女を包んだ淡い光の残滓《ざんし》だった。彼女を包んだその光の残滓はまるで、夏の夜空から落ちてくる花火の残火のようだったけれど――


今度こそ俺は、この手を伸ばしはしなかった。

「喜野《よしの》がいてくれたおかげで、葉月は元の世界に帰れた。改めて、ありがとう」

「良いです。気にしないでください」

「そうか」

俺は下げていた頭を上げ、これまでの彼女とは違う、少しぎこちない微笑《ほほえ》みを向けてくる喜野と視線を合わせた。

無意味に思わせぶりなことを言うことはないし、いつもよりテンションも低め。

どこか様子がおかしいのはきっと、これまで見せていた可愛い後輩ちゃんではない自分を見せようと、努力しているからなのだろう。それが、照れくさいに違いない。

そう思うと、微笑ましかった。

――葉月がこの世界から去った翌日の真昼のこと。

A市駅近くの喫茶店《きっさてん》で、俺は喜野に昨日起こった事の報告と、これまでの感謝を伝えていた。

「ああ、それと、だ。葉月も喜野には感謝していた。最後に言ってたよ。『ありがとう』って伝えてほしい、ってさ」

19

「そうですか。そう言ってもらえてたのなら、ちょっと嬉《うれ》しいです」

年齢不相応に幼い笑顔を戸惑《とまど》いつつ浮かべる喜野と目が合う。すると、勢いよく目を逸《そ》らされた。

……喜野の様子は確かに微笑ましくはあるのだが、何だかこちらも照れ臭くなる。

「私、葉月さんとお話が出来て良かったです。葉月さんが先輩と再会できて、本当に良かったです。……それに、葉月さんがちゃんと帰れたようで。私はとても、ホッとしました」

テーブル上のカフェオレに目を落としつつ、喜野が言った。やはり照れているのか、俺とは一切目を合わせるつもりはなさそうだ。

「そう言ってくれるか、ありがとう喜野。やっぱりお前は、良い奴だよ」

「……いえ。今の私の言葉は、嫌な子のセリフですよ」

俺の言葉に、不満そうな視線を向ける喜野が言った。

「悪い、どういう意味だ？」

「……先輩は、バカって意味です」

どこか拗《す》ねたような表情で喜野は言うのだが、もちろんそんなことを言われる覚えがないため、納得できずに首を傾げることしかできなかった。

§

俺たちはそれから、他愛《たあい》のない会話を数十分程交わしてから、店を出た。

先に店外に出ていた喜野が、駅前の時計台前にまで歩を進めていた。

この時間帯にしては珍しく、周囲に人影はない。

「それにしても。眩しい、ですね」

屋内の柔らかな照明に慣れ切っていたからだろう。外へ出たことで、夏の日差しを余計にきつく感じた喜野は、空を見上げて眩しさに目を細めた。

そして、その日差しを遮るために、太陽に向かって掌をかざした。

その様子が、花火の残火に手を伸ばしていたほんの少し前の自分と重なって。……少しだけ、胸が締め付けられた。

伸ばした手をゆっくりと下ろした後、思いつめたような表情で俺を見る喜野。一体、どうしたのだろうかと、しばらく彼女を見ていたのだが、

「先輩。いきなりですが、お話があります」

「ん、どうした？」

「好きです」

意を決したような表情で、喜野は唐突にそう告げた。

恥ずかしかったのだろうが、それでも俺が何と答えるのか気になっているからか、真っ赤になりながらもこちらを窺い続けている。

「ありがとな。でも、お前が俺を大好きなことなんて、とっくに知ってるっての」

俺に嘘を告白した日から数日が経って、気持ちの整理が出来たのだろう。自分がちゃんと他人を好きになれる人間なのだと実感したと、喜野はそう伝えてくれたのだ。

だから、俺も素直な気持ちで応えたのだ。

「……いいえ、先輩は私の気持ちを知りませんよ」

——と、思っていたのだが、何やら話が違うらしい。先程よりも少し不機嫌そうに、そして呆れたような表情で言う喜野。

「……それって、どういう意味だ？」

彼女が今何を考えているのか。俺にはやはり。分からなかった。

彼女は一度、大きく深呼吸をして、真剣な顔つきとなった。

——そして。


「私を、先輩の恋人にしてください」


喜野は、そう告げたのだった。

その言葉を耳にした俺は——まず、聞き間違いか何かだと思った。

「確認だが。その先輩っていうのは。俺のことで間違いないのか？」

「そ、そうです。ヒナタ先輩のことです」

顔を真っ赤に染めながら、一生懸命に言う喜野。

その様子を見て、流石に聞き間違いや、嘘、冗談でそう言ったのではないことが、分かった。

一体いつから……そう考えて、すぐに思い当たる。

喜野が俺に嘘を告白したあの時。

俺が彼女の嘘を認めた、あの時からなのだろう。

確かにあの時から、喜野の俺に対する接し方は変わっていた。ただ、その理由を、自分の勘違いを指摘された、照れや恥ずかしさのせいだとばかり思っていた。が、俺に対して恋愛感情を持ったからだったとは……こうして告白されるまで、気付けなかった。

「先輩。……返事を、聞かせてくれますか？」

ぎゅ、と唇を噛みしめ、瞼を伏せて俺の答えを待つ喜野。

こんなに必死に、一生懸命に、俺のことを想ってくれているのだ。喜野に対して、ちゃんと答えなければならない。

「ありがとう、喜野。まさか、告白されるとは思ってなかったから驚いたけど。本当に、嬉しい。だけど、ごめん。喜野と恋人にはなれない」

俺の言葉を聞いて、酷く辛そうな表情になる喜野。

彼女の目尻からは、今にも涙が零れそうだった。

「理由を聞いても、良いですか？」

震える声で問いかけられる。

「情けなくて、みっともないいんだけどさ。やっぱり俺はまだ、葉月が好きだ。いつかきっと、他の誰かを好きになる。……そう、思っていても。今はまだ、葉月のことを好きな気持ちが、大きい。だから——」

「だから。私とは付き合えないいんですね」

「悪い。……こんなことしか、言えなくて」

俺の言葉に、喜野は笑った。

幸せを噛みしめるように、胸の痛みを愛でるように。彼女は儚げに笑っていた。

「私は、情けなくてみっともないところも含めて、先輩が好きなんです。葉月さんのことが大好きな先輩こそが、私の好きになった先輩なんです。……今日は先輩に振られちゃって悲しいですけど、しょうがないです。だから、謝っていただくことはありません。と、言うよりも。昨日の今日で告白しちゃった私も、良くなかったですしね」

葉月を好きでいる俺が好きだ、と喜野は言ってくれる。それが、無性に照れ臭かった。

「俺から告白を断っておいて、こんなこと言うのは不誠実だと思う。それでも、これからも仲良くしてくれたら、俺は嬉しい」

「……先輩は、私の事。嫌いじゃ、ないですよね？」

俺の言葉を聞いた喜野が、不安そうな表情で尋ねてきた。

「嫌いなわけないだろ。喜野は、俺の恩人なんだから」

「よかったです。それならきっと。先輩は他の誰かを好きになることは、ありえません」

「……え？　いや、なんだよ、唐突に。そういう話だったか？」

今ここで、俺の思いを否定されるようなことを言われるのが意外だったため、困惑する。

「先輩は、他の誰かなんかじゃなく、今この場にいる私のことを好きになってくれます。絶対にです」

「……振られたばっかりだっていうのに、なんでそんな風に言えるんだ？」

告白を断られたばかりのはずなのに、これまで聞いたことのない強気な口調で、喜野は断言した。

流石に俺は戸惑い、尋ねてしまった。

「説明しましたよね？　世界は無限に存在するって。だったら、先輩と私が恋人同士になる世界は、この先絶対にあります。だったら、その未来に向かうのは。他の世界のどの私でもなく、間違いなく。……今この場にいる私です」

彼女は、時計台から離れ、こちらに向かって歩き始めた。

「だから私は、立ち止まらずに前に進みます」

一歩ずつ、ゆっくりと。彼女は俺との距離を詰めてくる。

そのゆっくりとした歩みは、俺と彼女が数年間かけて培った関係性よりも、ずっと早い。

「私とあなたは、これまでの先輩と後輩の関係には戻れません」

彼女の瞳に映る俺は、後退ることすらできず、その場に呆けて立ち尽くしていた。

「あなたは、私のことを好きになります。葉月さんのことを好きって気持ちが霞むくらい、あなたは私を大切に想うようになります。だから――」


俺と彼女の間に、距離は既に無かった。

喜野が、背伸びをする。

お互いの頬が触れ合いそうなくらい、近い。

彼女の吐息が、俺の首筋をくすぐった。


「覚悟していてくださいね、ヒナタさん」


耳元で、喜野が囁いた。気付けば、俺は呼吸をすることすら忘れていた。

これまでの距離感が嘘のように、さっと身を退いた喜野を、思わず見つめてしまう。

「流石に、照れちゃいますねっ、こういうの。……あんまり私のキャラじゃないですし」

照れくささを誤魔化すように、見慣れたおどけた表情をしてみせた喜野。

「ああ、俺も、そう思う。……なのに、なんで。こんな告白をするんだ?」

無理矢理に笑った彼女に、俺は問いかけた。

「約束したんです」

何の答えにもなっていなかった。続く言葉があるのだろうと俺は思っていたのだが、それ以上喜野は言葉を重ねなかった。

約束、とは何だったのだろうか。

その約束は、誰と交わしたものだったのか。

当然、俺は気になった。しかし、喜野に言うつもりがないのならば、俺は無理に聞かないことにする。

一つため息を吐いてから、俺は言う。

「約束だったら、仕方ないな」

その言葉に、大きく頷いた喜野は、

「ヒナタさん」

俺の名前を、優しい声音で呼んだ。

「なんだ？」

さっき言ったように、喜野が俺を先輩と呼ぶことは、この先ないのだろう。

「誰かに恋をするのって、こんなに苦しくて、楽しくて、切なくて、ドキドキして。とても、素敵なものだったんですね」

切なそうに、苦しそうに……そして、誇らしげに。喜野は微笑みを浮かべた。

——葉月がいなくなったことを、俺はちゃんと理解している。それでも、彼女に対する気持ちは変わらず、大きいままだ。

そんな俺から見ても、喜野のその表情は素敵で。……思わずドキリとさせられた。

「ああ、そうだよ」

かつての俺と同じだった彼女に、先を歩く先輩としての、最後の一言を告げた。


——俺はきっと、いつかまた誰かに恋をする。

それは遠い未来のことかもしれないし、もしかしたら明日のことかもしれない。


ただ一つだけ言えるのは。


俺はその日が来るまで、葉月と過ごした思い出と、葉月を失った痛みを胸に抱えながら。

こうして前を向いて生きていくのだろう。

あとがき

はじめまして。本作を手に取っていただき、誠にありがとうございます。小説はあとがきから読むタイプの麻中郷矢です。

そんな私は、あとがきで唐突に自分語りをはじめるタイプだったようです。

私は長い間漠然とした不安と劣等感、誰にも言えない孤独感を抱えながら、後ろ向きな生き方をしてきました。

小説を書いている時は、そういうのを忘れ、楽しい気持ちでいることが出来ました。その後完成原稿を新人賞に投稿し、一次・二次選考で落選して絶望するまでがワンセットでしたが。

けっこうな回数絶望してから、今後どんな物語を書けば良いか、と考えた結果。

これまで書いてきた小説と違い、自分の抱えていた負の感情からの逃避として執筆するのではなく、長く疎んできたそれと、真正面から向き合って執筆をすることとしました。

そうして完成したのが、本作「君と夏と、約束と。」です。

結果として、第九回GA文庫大賞奨励賞を受賞し、こうしてデビューすることが出来ました。

本作でデビューするために、これまで書いた小説が落選したのだと考えれば、少しは報われたような気がします。

本作の登場人物たちは、一人一人が自分と向き合い、悩んで、葛藤して、苦しみました。そうして、自らの意思で未来を選択します。

彼ら彼女らの行動と選択に、「勇気づけられた」と感じられた方が、一人でもいたのなら。

私にとって、これ以上の幸せはありません。

……ここからは謝辞を。謝辞まで書くなんて、あとがきを書いてる感が半端ないです。

素敵なイラストを描いて下さった磁油2様。初めてキャラデザを拝見した時の感動は、一生忘れられません。磁油2様に担当して頂いて、本当に良かったです。ありがとうございました。

最もお世話になった担当編集様。受賞の電話をいただいた際、真っ先に「ペンネーム変えられます？」と確認されたことは今でも良く覚えています。今後ともよろしくお願いします。

本書の出版に関わった全ての方々。本当にありがとうございます。

先輩作家の皆様、同期受賞の皆様。初めての出版にあたり不安を感じていた私の相談に乗っていただいたり、アドバイスを下さったり、非常に助かりました。ありがとうございました。

受賞前からずっと原稿を読んでくれていたKR君、WEB投稿時代から応援してくださった方々。いつも支えられています、ありがとうございます。

この本を手に取って頂いた読者の皆様。これからも皆様に寄り添えるような物語を書いていきたい、と思っています。あとがきまで読んでくださり、本当にありがとうございました。

それでは。残り数ページですが、最後まで楽しんでいただけたら幸いです。

麻中　郷矢

エピローグ

夜風が頰《ほお》を撫《な》でる。

ある日のバイト帰りのことだ。残暑の影響は濃いが、昼に比べ随分と涼やかな風が、汗ばんだ俺の体から熱を奪っていった。

既に日付が変わりそうな深夜だが、駅に近づくにつれポツポツと人影が見えた。

疲れきった表情のサラリーマンの男や、大学生風の若い男女。

そして、視界に入る時計台。

そこに、一人の少女が座り込んでいた。


見覚えのある制服。

忘れもしない、華奢《きゃしゃ》な体軀《たいく》。

暗闇《くらやみ》に溶け込んでいる黒髪には、幸運を象徴する髪飾りが――つけられてはいなかった。

唐突に、彼女と再会したあの日のことが脳裏《のうり》にフラッシュバックして。

俺は胸を締め付けるような苦しさを感じてから、妙に暖かな気持ちになって、ふと口元を緩《ゆる》めた。

俺は、彼女のことが好きだ。

今も、大好きだ。


大丈夫。


この痛みも苦しみも、抱えたまま前を向いて歩ける、歩けている。

帰ってしまった彼女に、あるいは俺の前からいなくなってしまった彼女に、ちゃんと顔向けが出来るはずだ。

だから俺は。

力強く一歩を踏み出し、蹲《うずくま》る少女の目前で立ち止まる。

彼女はその気配に気づいたのか顔を上げ……そして俺の姿を見て、可愛らしい目元をこれでもかと見開いて、驚愕《きょうがく》していた。

俺自身は、一体どういう表情をしているだろうか？　自分でも、それは分からない。

だけど、一つだけ。

理屈でなく、理解できたことがあった。

小学生だったあの日。初めて彼女を見たときと同じく、俺の全身には心地好い電流が駆け巡っていた。

伝えたい言葉は、沢山あった。
届けたい想《おも》いは、数えきれないくらい多い。
けれど、俺の口から零《こぼ》れたのは、どうしようもなく平凡な一言だった。

「おかえり」

カチり、と針の動く音が耳に届いた気がして、視界に入る時計の時刻を見た。
長針と短針が、今まさに重なる瞬間だった。

(了)

ファンレター、作品の
ご感想をお待ちしています

〈あて先〉

〒106－0032
東京都港区六本木2－4－5
ＳＢクリエイティブ（株）
GA文庫編集部 気付

「麻中郷矢先生」係
「磁油２先生」係

本書に関するご意見・ご感想は
右の QR コードよりお寄せください。

※アクセスの際に発生する通信費等はご負担ください。

http://ga.sbcr.jp/

君と夏と、約束と。

発　行　　2017年12月31日　初版第一刷発行
著　者　　麻中郷矢
発行人　　小川 淳

発行所　　SBクリエイティブ株式会社
〒106－0032
東京都港区六本木2－4－5
電話　03－5549－1201
　　　03－5549－1167（編集）

装　丁　　FILTH

印刷・製本　中央精版印刷株式会社

定価はカバーに表示してあります。

ISBN978-4-7973-9364-4
Printed in Japan　　GA文庫